悲しい罠

スーザン・ブロックマン
葉月悦子 訳

LOVE WITH THE PROPER STRANGER
by Suzanne Brockmann
Translation by Etsuko Hazuki

mira

LOVE WITH THE PROPER STRANGER

by Suzanne Brockmann

Published by K.K. HarperCollins Japan, 2022

悲しい罠

おもな登場人物

マリー・カーヴァー（マライア・ロビンソン）─元会社社長
ジョン・ミラー（ジョナサン・ミルズ）──ＦＢＩ捜査官
ダニエル・タナカ─────ジョンのパートナー
パット・ブレイク─────ジョンの上司
スティーブン・テイラー───ＦＢＩ捜査官
プリンセス───────ジョンの愛犬
トニー────────ジョンの同僚、親友。故人
セリーナ・ウェストフォード───マリーの友人

プロローグ

女は男のコーヒーに阿片《あへん》をまぜた。

本当はこんな夜更けにコーヒーを飲むのは医者から止められている。だが、彼は何やかやと医者の命令にそむいては楽しんでいる。男はほほ笑み、一口飲んでまたほほ笑んだ。彼は甘めが好みだった。

阿片で彼を殺すわけではない。これは儀式の一部。ゲームの一部だ。彼の感覚を狂わせ、頭を鈍らせて、おとなしく言うことをきくようにするだけでいい。こちらが王手《チエツクメイト》をかけるまで……。

女が禿《は》げかかった頭のてっぺんにキスをすると、男はまたほほ笑み、満足げに深い息をついた――王様は一日の仕事を終えてくつろぎ、美しいお后《きさき》をはべらせてお城でおやすみになるというわけだ。今夜、この王の命は尽きる。

トニーの息が荒い。ジョン・ミラーには無線を通してトニーの動静がはっきりわかった。無線のヘッドホンにトニーの声がきしむように大きく響く。トニーの息は乱れ、ミラーは彼が恐怖にとらわれていることに気づいた。

「ああ、そのとおり。おれはFBIだ」トニーが正体を明かした。

ミラーは自分のパートナーであり親友である男が、恐ろしい危険にさらされているのを察した。

「それにお前が評判どおりの切れ者ならな、ドミノ、この連中に武器を捨てて降伏するよう言うんだ」

ドミノは笑った。「こっちは二十人であんたを取り囲んでるんだぜ。降伏だって？」

「こちらの応援は二十人以上いる」トニーは、はったりを言った。

ミラーは必死に無線を調節した。

「その応援とやらはどこにいるんだい？」

いまやミラーは普段の冷静さを失いかけていた。彼は威嚇するためのヘリコプターが到着するまで、倉庫の外で待機するよう命じられている。だが、これ以上は待てない。待てるものか。

「おい、ジョン、聞こえるか？」フレッドの声が無線から甲高く叫んだ。「ヘリは予定を変更した。州知事の暗殺未遂事件があったんだ。緊急事態だ。向こうが優先になる。だから、こっちはお前だけなんだ」

　ヘリもない。応援もない。トニーはいま、まさに倉庫の中でアルフォンス・ドミノに処刑されようとしている。

　そして、ジョン・ミラーはここに、倉庫の外にいる。こんな状況は予想外だった。なんの準備もしていない。

　ミラーはバンの床からライフルをつかみ、倉庫へ走った。奇跡を祈る暇もなかった。ミラーにはわかっていた——自分には、そしてトニーにも、勝ち目はないと。

「わたしは辞任します」

　取締役たちはぽかんとして彼女を見つめた。

　マリー・カーヴァーは、なじみの面々の顔に浮かんだ驚きの表情を見つめ、いまの一言で自由になれたことを知った。なんて簡単、なんて単純なこと——辞任します。

「後任者の手配はしてあります」マリーはそう言い、うきうきした笑いがもれないよう気をつけた。会社をやめる。明日はもうあの玄関を入ってエレベーターに乗り、最上階へ来なくてすむんだわ。明日はもう別の土地にいる。別の街、別の州に。もしかしたら外国ということだってありうる。マリーは、赤みがかった黄色の表紙をつけてきちんと綴《と》じた、雇用調査書を配った。「予備面談はすべてすませ、候補者を三人まで絞りこみました——

三人とも〈カーヴァー・ソフトウェア〉の新社長として申し分ない人ばかりです」

十二人の取締役はいっせいに抗議の声をあげた。

マリーは手を上げて彼らを制した。「皆さんが外部から人を募りたい場合、もちろん、当社の筆頭株主であるわたしの承認が必要となります。でも、わたしがここに挙げた候補者たちをごらんになれば、皆さんもきっと納得されるはずですわ」マリーは表紙がついた調査書をこぶしで軽く叩《たた》いた。「それでもまだ不安がおありでしたら、わたしは今晩六時までは家におります。それ以後は、秘書を通じて連絡を取るつもりです」そしてほほ笑んだ。「ご理解いただいて感謝します。では、次の株主総会でお会いしましょう」

マリーは荷物をブリーフケースにまとめ、足早に部屋を出た。

阿片が効きはじめた。

男の瞳孔《どうこう》は針先ほどに収縮し、口から細いよだれが垂れ、踊る彼女を見ている目は眠たげにまたたいている。

彼女はこの儀式が好きだった。二度と欲望をぶつけることも暴力をふるうこともできない対象を、男に見せつける儀式が。

だが実際のところ、この男はやさしかった。やわらかい、年老いた手は、一度も彼女を殴らなかった。彼女を傷つけないように気づかってくれた。高価なプレゼントや、すてきな贈り物もしてくれた。けれどあの行為自体が暴力であり、卑しいものであり、償いが必要であることには変わりない——金という償いが。

ドレスがシルクの波となって足元に落ち、女はさっとそれをまたいだ。男の目はとろんとしているが、彼女の姿に抱いた欲望を隠せてはいない。彼は手を伸ばした。だが、彼女に届くほどの力はなかった。

女は踊りつづけた。体の中でたぎる血のリズムに乗って。男が彼女の目を見つめて死を悟る、その瞬間を待ち焦がれながら……。

自由。

それは廊下の端の開いた窓から流れこむ、涼しい風のようにマリーをとらえた。みずみずしくさわやかで、この春のそよ風のように、希望や生命力や新しい生活を運んできてくれる気がする。

「マライア」

取締役たちの中でたった一人、マリーの旅立ちを遅らせることのできる人間がいた。おばのスーザンだ。マリーは振り返ったが、足は止めずに廊下を進んだ。

スーザンはあとを追ってきた。丈の長い更紗《サラサ》模様のドレスが風に揺れ、灰色がかった青い目には不満がのぞいている。

「マライア」スーザンはふたたび子どものころの愛称でマリーに呼びかけた。「今度のことは長いあいだ準備していたようね」

マリーは首を振った。「ほんの二週間前よ」

「相談してくれたらよかったのに」

マリーはやっと歩くのをやめ、おばの厳しく揺るぎないまなざしに向き合った。「できなかったの。ほとんどのスタッフにも今朝まで話さなかったし」

「なぜなの？」

「会社はもうわたしがいなくても大丈夫だもの」マリーはそう言った。「最後に従業員を解雇したのは三年前。業績は好転したのよ。利益は増えつづけているし……会社は成功しているわ。数字のことはおばさんも知っているでしょう」

「それなら、休暇を取りなさいな。長い休暇をね。手にした成功に酔って、しばらくリラックスすればいいわ」

マリーは苦笑した。「そこが問題なのよ。わたしはリラックスするってことができないの」

スーザンの顔がやわらぎ、目にいたわりの色が浮かんだ。「まだ胃の具合が悪いの？」

「ひどいものよ」それだけではない。四年前に離婚して以来、会社以外の生活がないことも理由だった。社の利益を伸ばし、事業を拡大するために、マリーは毎日、何時間も残業を続けてきた。その結果、父親が突然心臓発作で亡くなったせいで引きついだ倒産寸前のコンピューターソフト会社は、数年前から経済誌『フォーチュン』の〝全米トップ企業五百社〟にランク入りするまでになっていた。

でも、毎朝、移ってきたばかりのこの新しい豪奢《ごうしゃ》なオフィスビルに入るたび、いったいなんのために働くのだろうと考えていることにもうんざりした。わたしはなんのためにここに来て、えんえんと続く業務で胃潰瘍《いかいよう》になるまで自分を痛めつけているの？

ある日起きたら六十歳に近くなっていて、それでもこのビルに出勤しているかもしれない。そのときも、コンドミニアムとは名ばかりの家に夜遅く帰り、いまだに荷ほどきしていない段ボール箱に囲まれて暮らしているのではないだろうか。

父親の遺志をついで社長になったものの、マリーはこの会社を経営したいと思ったことはなかった。なのに、それに気づくまで何年もかかってしまった。では本当は何をしたいのかというと、正直言ってマリーにもわからない。だがこれだけはわかっていた――マリーは年間売り上げ数百万ドル規模の企業を維持したり経営したりする以外のことがしたかった。生きがいがほしいのだ。いつか人生を振り返ったとき誇りに思えるように、何かをやりとげたという実感がほしかった。

政界に入ることも考えてみた。平和部隊に参加して、海外でボランティアをするのはどうだろう。すぐにも人材を必要としているボランティア組織は山ほどある。救世軍の会計係から家庭《ファウンデーション・フォー・ファミリー》のための基金で実際にハンマーをふるって家を建てる仕事にいたるまで、いくらでも。でも何よりもまず、自分のストレスをどうにかしなければならない。

最初のステップは、この会社からわたしを切り離すこと――わたしが仕事に没頭するのも、会社がわたしに寄りかかるのも、もう終わり。

マリーはきっぱり手を引くつもりだ。会社は大丈夫。彼女はそう確信していた。三人の候補者の誰でも、わたしがこの二年ほど失っていた新鮮味とバイタリティを、会社にもたらしてくれるだろう。わたし自身が大丈夫かどうかは、また別の話だが……。

「で、どこへ行くの?」スーザンが尋ねた。

「わからないわ」マリーは正直に答えた。「カメラだけ持って出発するつもり。ストレス解消について書かれた本によると、何カ月か休みを取って、何もかも忘れるのがいいらしいわ――自分の名前もね。その本は、しばらく別人になることを勧めているの。たぶん、そうすれば胃潰瘍の原因とも別れられるんじゃないかしら」マリーはほほ笑んだ。「マリー・カーヴァーはコンドミニアムに置いていくわ――自分はまだ正気なのだろうかと思う不安や、街を離れたとたんに〈カーヴァー・ソフトウェア〉がつぶれるんじゃないか、なんて気づかう心配も」

スーザンは、つかのまマリーを抱きしめた――いつになく愛情のこもったしぐさだった。「帰ってきたら、きっとまた仕事に戻ってちょうだいね」彼女はそっと言った。「絶対よ」

マリーは答えられず、その場を去った。自分に正直に生きるなら、もう戻ってはこない。心のままに生きるなら、マリー・カーヴァーともいまいましい胃潰瘍とも、永久にさよならだ。

・

女は男の髪を一房、ナイフで切りとった。

男の髪は残り少なく、後頭部に白っぽい細い毛があるだけだったが、それでもかまわなかった。彼のもので持っていくのはこれだけなのだから――お金以外は。

男は手錠をかけられている。自分から手を差し出したのだ。彼女が新しいセックス・ゲームをしていると思いこみ、自分の命があとわずかで尽きるなどとは思ってもいない。

だが彼女が短剣の鞘《さや》をはらうと、もうろうとした男の目にかすかな驚きが浮かんだ。

「何をするんだ？」彼は言った。

彼女はキスで黙らせた。男はしゃべれなくなった。しゃべってはいけないのだ。

しかし彼はルールを知らなかった。

「クラリス？」恐怖が阿片を押しのけ、男の声に忍びこむ。彼女が短剣の先を彼の胸につけると、その声が震えた。

彼女はわずかに後悔をおぼえた。

クラリス。とても好きな名前だったのに。クラリスでいられるのもあと数分なのが残念だ。この名前はもう使えない。使うつもりもない。

彼女はそんな過ちを犯すには利口すぎた。

「もうたくさんだ」男は言い、権威の陰に恐怖を隠そうとした。「わたしを自由にしてくれ、クラリス」

彼女はにっこり笑うと鋭い刃に体重をかけ、心臓に深々と突き刺して、永久に彼を自由にしてやった。


「殺《や》れ」

ドミノはジョン・ミラーが倉庫の入口に着くより前に命令を下した。銃声が、たてつづけに四発、ヘッドホンを通して鼓膜を破らんばかりに響いた。

トニー。

トニーが死んだ。

ミラーにはわかった。もう友を助けることはできない。

録音テープはある。ドミノがＦＢＩ捜査官を殺す命令を下したときのテープ。ドミノを死刑台に送るにはじゅうぶんな証拠だ。倉庫のドアを破り、二十人を相手に一人立ち向かったところで、殺されるだけだろう。

ミラーには、それが自分自身の鼓動と同じくらいよくわかっていた。

だが、いまや胸の中のその鼓動は、整然と脈打ってはいなかった。それに目をおおう赤い怒りの雲は、視界をさえぎるどころか、さらに鋭くはっきりさせている。

ミラーは全速力で倉庫のドアを破り、銃を上げて腰に構えた。だが、冷たい血だらけのコンクリートに横たわるトニーの無残な死体を見たとたん、ミラーは怒りのあまり咆哮《ほうこう》し、アルフォンス・ドミノと手下たちの顔に浮かんだ驚愕《きょうがく》を銃声でなぎ払った。

女はすでに飛行機のチケットを用意していた。もちろん偽名で。一時しのぎの名前。ジェーン・ライリー。平凡《プレーン》なジェーン。飛行機《プレーン》に乗るジェーン。おかしくなって彼女はほんの少しだけほほ笑んだ。自分のほほ笑みが人目を引くことはわかっていた。いまは誰の目も引きたくはない。

彼女はわざと髪をスカーフでおおい、ダウンタウンの古着屋で買ったやぼったいキャメル色の上着を着ていた。

クラリスのものは何一つ持ってこなかった。お金と、あのコレクション……九つの髪の房以外は。

旅支度は軽装で、アトランタ行きの飛行機に乗ったとき、荷物はトートバッグ一つきりだった。中には空港の店で買った数冊の小説と、二十万ドルの現金が入っていた。残りの金はもうスイス銀行の預金口座に入れてある。

アトランタに着いたら、列車でどこかへ行こう。ニューヨーク……フィラデルフィアでもいい。

一つか二つ演劇を見て、次はどんな人物になってみようかとゆっくり考えよう。それから髪を切って染め直し、新しい人物に合った服を買い揃《そろ》え、別の州の別の街へ行き、一からゲームを始めよう。

そうすれば、髪の房は十になる。

1

飛び起きた瞬間、ジョン・ミラーの心臓は激しく打ち、口の中はからからだった。がばっと立ち上がり、必死にあたりを見まわしながら、無意識に銃に手を伸ばす。

「ジョン、大丈夫ですか？」

ああ、オフィスだったのか。机を枕《まくら》に眠っていたらしい。そして目がさめるとオフィスの中で棒立ちになっていて、腕は引きつり、両手が震えていたのだ。

ダニエル・タナカが戸口に立ってこちらを見ていた。その顔にはなんの表情もない――いつものように。だが、視線ははっきりとミラーの銃にそそがれていた。ミラーは銃をホルスターに戻し、両手で顔をこすった。

「ああ」ミラーは答えた。「大丈夫だ。ついうとうとしたらしい。でも、ちょっとだけさ」

「帰ってベッドで眠ったほうがいいんじゃありませんか」

ベッドだって？　ああ、それもいいだろう。いまと違う人生ならな。

「気分が悪そうですよ」ダニエルが言葉をついだ。

実際、ミラーはひどい気分だった。追いかける事件がほしい。仕事にかかっているときは、夢もそれほどひどくはないのだ。だがこんなふうに事件と事件のあいまには耐えがたいものになる。「コーヒーでも飲めば平気だ」

ダニエルは何も言わなかった。ただミラーを見ただけだった。ダニエルは組織内では若手で、新人も同然だ。まだ二十五にもなっておらず、若々しいハンサムな顔と、高い頬骨と、一目でアジア系とわかる濃い茶色のエキゾチックな形の目をしている。その目の奥には若さに似合わない思慮深さが見てとれる。彼は口をつぐむべきときをつねに心得ていた。それにダニエル・タナカは、沈黙や、黒っぽい眉を片方上げるだけで、ほかの人間二十人が一日かかって言う以上のことを語ることができた。

ミラーはトニーのあと何人も新しいパートナーを持ったが、長く続いたのはダニエルだけだった。来週でどれくらいになるだろう？　七カ月？　こいつは表彰ものだ。

ミラーは自分が組織の中でどう言われているか、よく知っていた。〝ロボット〟だ。彼はまるで機械のように、捜査をはばむものはなんであろうと誰であろうと許さなかった。ミラーが鋭くにらむだけで、相手は恐怖に凍りつく。

ミラーは、組織内に親しい友人がいないのを取《と》り沙汰《ざた》されていることや、彼には感情がなくあわれみや思いやりが欠けていると噂《うわさ》されていることもわかっていた。

若い捜査官のなかには彼を避ける者もいる。年長の捜査官にもそういう者がいる。だが、尊敬はされていた。ミラーのこれまでの逮捕実績や、成功した捜査の数からすれば当然だろう。けれども好かれてはいない。〝ロボット〟にはどうでもいいことだ。

　ダニエルはミラーのオフィスに入ってきた。

「〝ブラック・ウィドー事件〟にかかっているんですか？」

　ミラーはうなずき、机に広げたファイルを見下ろした。眠ってしまう前は、一連の殺人事件でいちばん最近起きたものの写真や情報を検討していたのだ。

　そして、またトニーの夢を見た。

　ミラーは椅子に座り直し、こわばった筋肉に顔をしかめた。眠りたくてたまらなかったが、アパートメントに帰ってベッドにもぐり、目を閉じることを思うだけでも耐えられない。目を閉じた瞬間、またあの倉庫の外に戻ってしまうだろう。トニーが死んだ夜のことが夢によみがえり、また初めからすべてを見なければならなくなる。

　後ろめたさとむなしさの痛みは、いまだに鋭くミラーの胸を刺した。彼はそれを払いのけ、この痛みや感情と自分自身を切り離そうとした。やれるはずだ。やらなければ。僕はどうせロボットじゃないか。ミラーはマグカップから冷えたコーヒーをすすり、まだ手が震えていることは考えないようにした。

「犯人の女が最後の犠牲者を殺《や》ったのは三カ月前だ」コーヒーは馬小屋のようなにおいがしたが、とにかく口を湿らせてくれた。「となれば、犯人はもう次の準備にかかっているだろう。どこかで八番目の夫をさがしているはずだ。我々が八番目と考えているということだが。こちらがつかんでいない事件もあるかもしれないし」

「彼女が、金はもうじゅうぶんだと思ってるとしたら？」

「金目当てで殺しているんじゃないさ」ミラーはランドルフ・パワーズの写真を手に取った。ナイフが胸に突き刺さり、椅子に座って見えない目でディナーテーブルを見つめている。「彼女は殺すのが好きなんだ」

そして、いまはもう次の準備をしているだろう。ミラーはそう確信していた。

「まだファイルを見る時間がなかったんです」ダニエルは正直に言い、机の向こう側に腰かけて報告書を引き寄せた。「同じ女なのは、確かなんですか？」

「手口がまったく同じだ。被害者はダイニングルームで発見され、手錠で椅子につながれていて、テーブルに夕食が残っている」ミラーは手で髪をかき上げた。頭痛がする。「解剖の結果、男の体から阿片《あへん》が検出された。家じゅうの指紋は拭《ふ》きとられている。写真は結婚式のものが一枚きり。花嫁の顔はベールで見えない。絶対に彼女だ」

ダニエルは報告書に目を通した。「これによると、パワーズは死ぬ二週間半前に、クラリス・ハリスという女性と結婚していますね。ハネムーンも終わっていない。犯人はいつもなら二、三カ月待っていたんじゃないですか？」

ミラーはうなずきながら、アスピリンをさがして引き出しをかきまわした。「だんだん気が短くなっているのさ」見つけたアスピリンのびんの蓋《ふた》を開ける——空だ。「くそっ。タナカ、アスピリンを持っていないか？」

「あなたに必要なのはアスピリンじゃありませんよ。睡眠です。家に帰って眠ってください」

「無料のアドバイスがほしければ、そう言うよ。僕がほしいのはアスピリンだ」

ミラーのにらみはダニエルを震え上がらせるはずだった。

しかし、ダニエルはほほ笑んで立ち上がっただけだった。「僕はずっとあなたのパートナーでいたいと思っているんですよ、ジョン。どうしてもその目つきがまねできないもので、毎晩バスルームの鏡で練習しているんですが……」そう言って頭を振る。「あなたはすばらしい才能をお持ちですね。それじゃまた」

ダニエルはドアを閉めて出ていき、ミラーはぽかんとしてその姿を見送った。何でいたい、だって？

あの青年がトニーなら、ミラーは悪夢のことも、恐ろしくて眠ろうとすることさえできないことも話していただろう。トニーになら、今朝体重計にのったときに十キロやせていたことも話しただろう。〝十キロだぜ〟と、そんなふうに。

だがダニエル・タナカはトニーではない。トニーはもういない。

この〝ブラック・ウィドー事件〟に本腰を入れよう。そうすれば、少しは眠れるかもしれない。

ジョージア州のガーデン島は、金持ちのジェット族のあいだでひそかに人気の場所だった。ビーチはやわらかな白い砂におおわれている。空は青く、海もミネラル分の含有で黒っぽいとはいえ、澄んでいた。街自体は古風で、丸石敷きの街路にしゃれた煉瓦《れんが》の家が並び、窓辺には色とりどりのあざやかな花が咲き乱れている。店はどこも流行の先端をいき、レストランは四つ星のうえ、途方もなく高額だ――行くべき店を間違えなければ大丈夫だが。

ガーデン島で二カ月をすごしたいま、マライア・ロビンソンは、どこへ行けば人ごみを避けられるか知っていた。彼女はカメラとビーチバッグを自転車のかごに入れ、ビーチへ向かった。

だが行く先は、彼女のコテージからわずか数メートル先にある、人のいない風の吹きわたるビーチではなく、五つ星のリゾートのそばの、いつも人でこみ合うおしゃれなビーチだった。

たいていの場合、マライアは一人でいるほうが好きで、耳をおおうばかりの潮騒《しおさい》や、海鳥のにぎやかな鳴き声を楽しんでいる。だが今日は人の集まっているところへ行きたくなった。気まぐれを起こし、人間の写真を撮りたくなったのだ。

それに、今日は友人のセリーナと、四つ星のレストランでランチをとることになっている。

だが約束にはまだ一時間以上あり、マライアは自転車で砂浜へ出た。自転車をそっと横に倒し、そばにビーチシートを広げる。そして腰を下ろし、まわりの人々の姿を見つめた。寝椅子に横たわった日光浴客たちの何人かは、本に夢中だった。社交に精を出して、大人数や小人数でしゃべったり、ふざけたりしている人々もいる。トレーニングウェアの男女が、何キロも続く波打ち際を走っている。ただ歩いたり、ぶらぶらしている者もいる。それに、これみよがしに歩いている人々も。デザイナー物のきわどい水着を着て、引きしまった小麦色の体を見せびらかしているのだ。

マライアはカメラを出し、蛍光グリーンのジョギングパンツをはいた筋肉隆々の男のわきを走っている、ゴールデンレトリバーに焦点を合わせた。彼女は犬が好きだった。そうだわ。もう朝から晩まで毎日オフィスに閉じこめられているわけじゃないんだから、一匹飼ってみようかしら。

「わたしたち、早く会ってしまったわね」

マライアは目を上げたが、逆光がまぶしく、隣に立った女性の顔は影になっていた。しかしどちらでも同じことだ。きびきびしたイギリス風アクセントの声は間違いようがない。

「ハーイ」マライアは笑いかけ、セリーナは並んでシートの上に座った。

「リゾートのビーチには来ないことにしたのかと思っていたわ」セリーナはそう言い、高価なサングラスの縁ごしにマライアを見た。

セリーナ・ウェストフォードは、数週間前に出会ったときマライアが思ったよりも、年齢が上だった――とにかく、三十よりは四十に近い。だがその笑顔は若々しかった。髪はブロンドで、どこへ行くにもかぶっている大きな麦わら帽子の下からほつれ毛がのぞいている。引きしまった体は二十代並みだ。

セリーナは冷静で自信にあふれ、美しかった。マライアの理想の女性だ。いいえ、マリー・カーヴァーの理想よ。マライアは心の中でそう訂正した。でもマリー・カーヴァーはアリゾナのフェニックスに置いてきた。ここジョージアにいるのはマライア・ロビンソンで、マライアは人生に満足している。流れに身をまかせ、おだやかで、リラックスしている。ストレスはなく、ジェラシーもない。

セリーナは、まるで紐《ひも》でできているような黒い水着を着ていた。お尻と腿の付け根が小さな布におおわれているだけで、その布は潮風にはためき、想像の余地はほとんど残されていない。セリーナ・ウェストフォードは女学生ではないが、きわどいビキニが似合う数少ない女性の一人だった。

マライアは素直に友人をねたんだ――ほんの一瞬だけ。そりゃあ、わたしにはこんな水着は着られないけれど……だから何？　セリーナのきゃしゃで細身の金色の体とは正反対だけど、それがどうなの？　わたしの身長は百八十センチあって、肩幅も広く、胸も大きくてがっちりしているってこと？　わたしの目が明るい茶色で、魅惑に満ちた夜のような暗い茶色ではなく、セリーナの目のようなキャット・グリーンでないことも、どうでもいいじゃない？

「油断している海水浴客の肖像権を侵害しようと思って」マライアはそう答え、笑いをもらした。

二人が出会ったのは、マライアがリゾートのこのビーチでセリーナの写真を撮ったときだった。セリーナはひどく狼狽《ろうばい》し、現像前のフィルムをその場で渡すよう言い張った。しかし二人のとげとげしい対立は、すぐに互いへの尊敬に変わった。セリーナが、以前平和部隊にいたときに、写真を撮られれば魂を抜かれると信じていたアフリカの部族と長いあいだ暮らしていたことを話したのだ。

マライアはフィルムを渡した。そしてその日の午後いっぱい、セリーナがボランティアの慈善家として世界をまわったときの面白い話に聞き入った。

マライアは〈ファウンデーション《F》・フォー《F》・ファミリー《F》〉での活動のことを話した。ＦＦＦはボランティアの手を借りて、勤勉だが所得の低い家庭に手ごろな値段で家を建てる組織だ。マライアは週に三、四日はハンマーを握り、その仕事と、それがもたらすやりがいを楽しんでいた。

「ねえ、郵便局から荷物が届いているって知らせが来たの」マライアはセリーナに言った。

「たぶん暗室用の備品だと思うんだけど。取りに行くのに乗せていってくれない？」

「あなたも車を持てば、自分で取りに行けるのに」

「車があったって、月に一度、郵便局に重い荷物が届いたときしか使わないもの」

「車があれば、ＦＦＦのひどいバンで週に四日も本土に行かなくてすむわよ」セリーナはやんわりと言った。

マライアはにっこりした。「あのバンが気に入っているの」

セリーナがじっと見つめる。「運転手がすてきですものね」

「彼はＦＦＦの主任のご主人で、夫婦円満なのよ」

「まあ残念だこと」

セリーナのため息があまりに残念そうだったので、マライアは笑い出した。「セリーナったら、みんなが未来の夫をさがしているわけじゃないのよ。わたしは一人で本当に楽しいんだから」

セリーナはほほ笑んだ。「夫さがし《ハント》は最高のゲームよ」そう言って笑い声をあげた。「わたしは、狩り《ハント》っていう言葉の感じが好き。相手をしとめるにはどんな弾を使えばいいか考えて……」

マライアは荷物をまとめた。「ランチに行きましょう」

その男を見ればわかるはず。だから、まだ現れていないだけなのだろう。彼はきっとお金を持っている――莫大《ばくだい》なお金を。わたしが家の手付けに払うお金がほしいと言えば、すぐに渡してくれるほど。そしてわたし名義の当座預金を開いてくれるほど。

わたしはすぐにその口座からお金を引き出す。お金は州外のダミー口座に移してしまう。そうすれば、誰が書類を調べようと、手づまりになって先へ進めなくなる。

一、二週間は現金を動かさず、そのあとでスイス銀行に預ければいい。

三百万ドル。スイスの口座には、すでにアメリカドルで三百万ある。

三百万ドルと、髪の房が九つ……。

そう。見れば必ず、彼だとわかるはず。

「ジョージア州のガーデン島です」テイラーという捜査官はそう言ってテーブルを見渡し、ダニエル・タナカから、このFBIチームの長であるパット・ブレイク、そして最後にジョン・ミラーに目を移した。「彼女に間違いありません。〝ブラック・ウィドー事件〟の犯人です。絶対に確かですよ」

テイラーは会議用テーブルの向こうから、引き伸ばした白黒写真をブレイクに一枚、ミラーとダニエルにもう一枚渡した。ミラーは椅子からわずかに身を乗り出し、写真を取って頭上の照明が反射しないように傾けた。だが、ちゃんと持っていられそうになかった。手が震えているのだ。ミラーはすぐに写真をテーブルに置いた。

「彼女はセリーナ・ウェストフォードと名乗っています」若い捜査官は続けた。「前歴は不明。ヨーロッパ――パリで七年間暮らしたと言っていますが、そこでの彼女を知っている者は見当たりません」

写真の女は足早に急ぐように駐車場を歩いているところだった。帽子をかぶってサングラスをかけている。顔はぼやけていた。

ミラーは目を上げた。「もっとましな写真はないのか、テイラー？」

「だめだったんです」テイラーは答えた。「これを撮れただけでも幸運でした。リゾートの窓から望遠レンズで撮ったんです。そのとき撮れた二十枚ほどの中では、これがいちばんましでした。ずっと彼女の写真を撮ろうとしていたんですが、彼女ときたら、まるでどこにカメラがあるか知っているみたいに、ほぼ完璧《かんぺき》に姿を隠してしまうんですよ。ピントの合った写真は五百枚ほど撮れましたが、どれも彼女の顔は大きなサングラスや帽子に隠れてしまっています」

「なのに、この女が〝ブラック・ウィドー〟だと確信しているのか？」ミラーは不信を隠そうともしなかった。

ダニエルが座り直した。「僕は彼女が犯人だと信じますよ、ジョン。テイラーの話を聞きましょう」

ミラーはたいていの場合、正確に他人の心を読みとった。自分に数多くの逮捕実績があっても、パット・ブレイクに好かれていないことは知っている。それにスティーブン・テイラーに恐れられていることも、ちゃんとわかっていた。テイラーはおだやかに礼儀正しくしているが、彼の態度の何かがはっきりと語っていた。ミラーがこの事件に乗り出すと知ったら、テイラーは即座に異動を申し出るだろう。

反対に、ダニエル・タナカの心を読むのは容易ではない。彼は決して取り乱さず、思いがけないときに奇妙なユーモアを見せる。ミラーの知るかぎり、ダニエルは相手が誰であろうと、同じ礼儀と思いやりをもって接していた。浮浪者だろうと州知事夫人だろうと、ダニエルはすべての人間に礼儀正しく、いつも誠実に向き合った。

ダニエルは以前、数えるほどではあるが容疑者や事件に対してこれだという直感をおぼえたことがあり、それはいつも必ず正しかったと語っていた。だが今回、彼はもっと強い言い方をしている。セリーナ・ウェストフォードがブラック・ウィドーだと信じる、と言ったのだ。

テイラーは咳払《せきばら》いをした。「わたしは、ええと、コンピューターで、ブラック・ウィドーが次の獲物を狙《ねら》いそうな土地をさがしました。彼女は近くに一つか二つリゾートのある、小さな街を好みます。コンピューターには、彼女が以前の犠牲者と出会った場所や、住んでいた場所から三百キロ以内は除外するようプログラミングして、候補地を百二十三まで絞りこみました。そして、それらのリゾートの記録を入手し、従業員に電話で質問して、身長が百五十五センチ以下の、一人旅で長期滞在をしている女性をさがしました。正直言って、セリーナ・ウェストフォードを見つけたのはたいへんな幸運でした。彼女がガーデン島の保養地に来たのは、我々が電話するわずか二日前だったんです。彼女が偽名で旅行していることがわかったので、さらに探りを入れるため、わたし自身がジョージアに行きました」テイラーは苦々しげに頭を振った。「ところがごらんのように、我々が撮ったブラック・ウィドーの写真はすべて、顔が隠されてしまっています」

「でも脚は隠されていない」ダニエルが指摘した。「スティーブンはセリーナ・ウェストフォードの脚の写真を山ほど撮っています」

「彼女の脚は、これまでの犠牲者の家にあった写真にも写っていました」テイラーはダニエルを見てにやりとした。「タナカのアイディアで、それらの写真と今回の写真を使い、コンピューターに比較させせました。それによれば、ブラック・ウィドーの脚とセリーナ・ウェストフォードの脚は、九十八パーセントの確率で一致します」

ミラーはちらりとダニエルに目をやった。ふむ、うまい手を考えるじゃないか。

「セリーナは来た当初、目の下に薄いあざが残っていたそうです」テイラーは続けた。「最近、手術を受けたためだと思われます。おそらく、容貌《ようぼう》を変えるために鼻でも整形したのでしょう」

「七番目の亭主の家政婦をガーデン島に連れてくることも考えたが」パット・ブレイクが口をはさんだ。「しかし〝ウィドー〟が大がかりな整形をしたなら、家政婦も百パーセント同じ人物とは断定できないだろう。疑いの余地は残したくない。このやまは逃すわけにはいかないんだ」

ミラーはうなずいた。犯人は現行犯でとらえなくてはならない。

「セリーナはガーデン島のビーチハウスを借りています」テイラーは続けた。「そのことから見て、長期滞在するのは確かですが、いまの時点ではまだ次の獲物を決めていないようです。わたしは人物リストを作ってみました。男も女も、過去数週間に容疑者と接触した人物すべてのリストです。四十七人中、二十八人がすでに島を去っています。残りの十九人のうち、一人気になる人物がいました」

テイラーはファイルから数枚の写真を出し、テーブルに広げた。

「名前はマライア・ロビンソン」テイラーは言った。「というか、本人はそう名乗っています。我々のファイルによれば、そんな人物は存在しません。調べたところ、彼女はマリー・カーヴァーといい、アリゾナ州フェニックスにある〈カーヴァー・ソフトウエア〉の前社長でした」

ミラーは身を乗り出して写真を見た。そのうちの一枚では、背が高く、黒っぽい髪を肩まで垂らした若い女が、セパレーツの水着でビーチシートに座っていた。もう一人、ビキニ姿の女が隣に座っているが、顔は大きな麦わら帽子で隠れている。

帽子の女はセリーナ・ウェストフォードに違いない。彼女の大胆なビキニは見る者を興奮させるようデザインされている。だが、ミラーの目を引いたのは、彼女の隣に座っている若い女性のほうだった。

「マリー・カーヴァーは――自称マライア・ロビンソンは、島の貸しコテージに一人で住んでいます」テイラーは話を続けた。「たいていはプライベートビーチで風景写真を撮っています。数日ごとに島を離れていますが、行き先はわかりません――まだ彼女を尾行する機会がなかったもので。彼女とセリーナはとても親しいようです」

マライア・ロビンソンは相当背が高いな。ミラーはそう気づいた。まるでアマゾン――女神だ。ミラーは百八十八センチあるが、彼女はそれより数センチ低いだけだろう。男のように背が高いが、体つきは女そのものだ。胸は豊かで、体のほかの部分とつり合っている。ヒップもそれにふさわしく大きい。脚は信じられないほど長く、筋肉が盛り上がっていた。すばらしい体だ。みごととしか言いようがない。

〝ブラック・ウィドー事件〟の容疑者はセリーナ・ウェストフォードだ。彼女はその燃えるようなセクシーさで七人の男を死に追いやったとされている。文字どおりの運命の女《ファム・ファタール》だ。

しかしミラーの心を引きつけたのは、もう一人の女、マライア・ロビンソン。もちろん、ミラーはこれまでもずっと、豊かな胸と長い脚の女性が好みだった。これらの写真からすると、彼女にはどちらもそなわっている。男がまるまる一年か二年、我を忘れてのめりこむにはじゅうぶんなほど。

おいおい、何を考えているんだ？　ミラーはいつもなら、事件にかかわる女性たちにこんな感情は抱かなかった。最後に女性とセクシャルな関係を持ってから時間がたちすぎたのだろう。最後にそうした関係を持ったのはいつだったか、相手が誰だったかさえ思い出せない。

そのせいでいま、容疑者の親しい友人の、こちらも偽名を使って暮らしているような女の写真を目にして体が反応しているわけか。どうかしているぞ。ミラーは五枚目の写真を手に取った。マライア・ロビンソンの顔のアップだった。

彼女は愛らしい、近所の女の子タイプという意味での魅力がある。顔はハート形で、頬骨が広く、顎は少しとがっている。唇はふくよかで大きめだ。笑った顔から形のいい白い歯がこぼれ、頬にえくぼが浮かんでいる。目は薄い色――この白黒写真では青か茶色かわからない。しかしその目は何かひそかな楽しみにきらめき、ミラーに向かって笑いかけているかのようだ。

ミラーは体の奥からある予感がわき上がるのを感じた。それはセクシャルなエネルギーが別の何かと結びついたものだった。何かもっと深く複雑なもの。彼の鼓動をはずませる何か、彼の理解できない何かと。

ブレイク警部は禿《は》げかかった頭のてっぺんを撫《な》で、ファイルをめくった。「捜査官を夫候補に仕立てる工作には何日かかる？」

「一週間です」テイラーは答えた。「遅くとも二週間。これまでの被害者の特徴に合わせるには、かなりの年配か、あるいは健康を害した人物になりすませる捜査官を見つけなければなりません。架空の身分や、財務上の記録や、多額の銀行口座も用意する必要があります。セリーナは必ず狙った相手の信用調査をするでしょう。捜査官に準備をさせ、防御策を講じて監視チームを作り――」

ミラーは身を前に乗り出した。「僕なら明日、ガーデン島へ行ける」

テイラーはぽかんと彼を見つめ、驚きの表情を隠せなかった。「あなたが？　若すぎやしませんか」

「三番目の夫はまだ二十九歳だった」ダニエルがおだやかに言った。「それに、六番目は三十代のなかばだった」

「どちらもひどく健康を害していましたし、一人は車椅子を使っていたんですよ」

ミラーはブリーフケースからファイルのコピーを二部出すと、一部をブレイクに渡し、もう一部をテーブルの向こうにいるスティーブン・テイラーの前へすべらせた。

「ジョナサン・ミルズを紹介するよ」ミラーはそう言った。「僕――ジョナサンは、三十九歳。ホジキン病での長い闘病生活を終え、いまは一時的に小康を保っている。この病気はリンパ系癌《がん》の一種だ」

テイラーはファイルを開き、ミラーの捜査計画書にすばやく目を通した。そして目を丸くした。「本当にこの女と結婚すると……?」

「でなきゃ殺してもらえないからな」

「彼女の夫になるなんて」テイラーは言った。「本気で彼女と寝るつもりなんですか?」

パット・ブレイクは頭を振った。「わたしが承知すると思うのかね?」

「ご心配なく、警部。結婚は合法的にやります。彼女は僕の妻になりますよ。それに、安全なセックスを心がけますから。もちろんこの場合は、ベッドにナイフがないって意味ですが」ミラーは立ち上がり、テーブルから写真とファイルを集めてブレイクを見た。「行っていいですね?」

ブレイクはうなずいた。「やってみろ」

ダニエルとスティーブン・テイラーが立ち上がり、ミラーも部屋を出ようとした。

「ちょっと残ってくれないか、ジョン」ブレイクが声をかけた。彼は若い捜査官たちが出ていくのを待って立ち上がり、ドアを閉めた。「ずいぶん具合が悪そうだな」

ミラーはブレイクが手の震えを見逃さなかったのだと気づいた。「コーヒーの飲みすぎですよ」彼はそう答えた。「なんともありません。ご心配ありがとうございます」

ブレイクはうなずいたが、納得してはいなかった。「我々がこれまで仲良くやってきたわけじゃないのはわかっているよ、ジョン。わたしはきみの邪魔をせず、最高の働きをしてもらうことだけにつとめてきた。きみは今後も、組織の中でトップの逮捕記録を維持しつづけるだろう。だがきみが何か問題を抱えているのなら、力になりたい」

ミラーは上司の目をまっすぐ見つめた。「僕は仕事にかかりたいだけです」

「誰か腹を割って話せる相手はいるのかね、ミラー？」

「お話はそれだけでしょうか？」

ブレイクはため息をついた。「脅かすつもりはないが、この件が片づいたら、きみに綿密な精神鑑定を受けてもらおうと思っている。それじゃ行きたまえ。ぐずぐずするな。リゾートの島で目を閉じて眠り、少し羽を伸ばしてこい」

ミラーは思わず抗議した。「この十八カ月、僕の成績は上がりつづけています」

「ああ、きみは一日二十二時間働いているからな」ブレイクはまたため息をついた。「ジョージアに行け、ジョン。犯人を逮捕しろ。だが、戻ってきたら分析医につつきまわされることを覚悟しておきたまえ」

ブレイクは机に向かった。話は終わったのだ。ミラーは部屋を出ながら、心臓が激しく打ち、耳の中で血がごうごうと音をたてて流れているのに気づいた。精神鑑定？　くそっ、まずいことになった。なんとかして、これからの数週間でもう一度眠れるように――あるいは精神鑑定という新たな悪夢と対向できるように、手を打たなくてはならない。

ラウンジに通じる廊下を半分ほど行ったところで、若い捜査官のたまり場になっている、窓のない小部屋から話し声が聞こえた。声の主はテイラーだ。

「彼は時限爆弾だよ、爆発寸前の。お前だってわかってるだろう。みんな、彼はおかしくなりかけているって言ってるぞ」

「きみはいつも噂を信じるのかい？」こちらはダニエルで、声に面白がっているような響きがあった。

「いつもってわけじゃない。だけどあの人の様子は変だよ――」

ダニエルはおだやかな声になって言った。「彼は生きる伝説だよ、スティーブン。最高の捜査官だ。様子がおかしいのは不眠症のせいさ。捜査のないときにひどくなるらしい。でも彼は絶対に大丈夫だ。異動を申し出るのはやめておけよ――彼からはいろいろなことを学べるはずだから」

「ふん」テイラーは納得していないようだ。「彼の手が震えているのを見ただろう？頭のいかれた、不眠症で時代遅れのジェームズ・ボンドの下で働くなんて、ごめんだよ。彼がパートナーを死なせたって話を聞いてないのか？」

ミラーは部屋に入っていった。「テイラー、僕に対して言いたいことがあるなら、直接僕のところへ来て言ってくれ」

テイラーは驚いてミラーを見つめ、恥ずかしさで真っ赤になった。

「失礼します」テイラーは言い、そそくさと部屋を出ていった。

これでまた二度と会うことのない捜査官が増えたな。ミラーはダニエル・タナカのほうを向いた。「僕のオフィスに来てくれないか？」

ダニエルは取り乱した様子もない。だが彼はいつもそうだ。

ミラーは廊下に出て、自分のオフィスに戻った。中へ入ると、振り返ってダニエルが来るのを待った。

「なんでしょう？」ダニエルは落ち着いた声で言った。

ミラーはドアを閉めるやいなや怒鳴りつけた。「もういっぺんでも、僕の個人的な問題を別の捜査官と話したりしたら、有無を言わせず、その場でチームからはずすからな」

ミラーはやっと、ダニエルが驚き、その顔に無数の感情がよぎるのを見た。だがダニエルはすばやく自分を取り戻した。「あなたが眠れないことを秘密にしてらっしゃるなんて、知りませんでした」

「秘密じゃないのはよくわかっているだろう」ミラーは冷たく言った。「だが、きみが口を出すことじゃない」

ダニエルはうなずき、ほほ笑みさえ浮かべた。「オーケイ。おっしゃるとおりにします、ジョン。気を悪くさせてしまって、申し訳ありません」

ミラーはドアを開けた。「朝一番に出発できるようにしておくんだ」

「わかりました」ダニエルは出ていく前に立ち止まり、またほほ笑んだ。「こんなふうに話せてよかった。すっきりしましたよ」

ミラーはダニエルの後ろでドアを閉めてから、ようやく笑い出した。こんなふうに話せてよかった、だって？　まったく、ほかのやつなら震え上がっているだろうに。

ミラーはブリーフケースを椅子の上に放《ほう》り、テイラーが撮った写真を机に置いた。いちばん上にはセリーナ・ウェストフォードのぼやけた写真があったが、その写真がすべり落ちて、マライア・ロビンソンの笑っている目がのぞいた。

明日はジョージア州のガーデン島へ行く。そして偶然を装ってマライア・ロビンソンに会うのだ。ミラーはここ数週間で初めて、期待に胸がざわめくのを感じていた。

2

ビーチに犬がいて、夜明け前の光を浴びながら波とたわむれている。

ビーチに犬――それに男が一人。

マライアのコテージの外のビーチに、犬と飼い主が来るのは珍しくない。砂浜はほぼ十キロも延びていて、リゾートホテルから島の最北端にある灯台まで続いている。やる気満々のランナーや元気よく散歩する人たちが通りすぎるのはしょっちゅうだった。だからビーチに犬と男がいるのも珍しくはない。まだ朝の五時前だということ以外は。

マライアは朝早く起き、人のいない夜明けのビーチを撮ろうとしていた。まだ時間はある――あの人たちに、場所を変えてこのビーチを離れてほしいと頼めばいいわ。だがその男は砂浜に腰を下ろし、疲れきった様子で背中を丸め、両手で頭を支えていた。

マライアは少し近づいてみた。海から風が吹き、犬も男も彼女には気づかない。マライアは砂の上に腹這《はらば》いになり、両肘をついてカメラを支え、犬にレンズを向けた。

犬は雑種で、雌のようだ。脚が短くてずん胴で、鼻は長くとがり、両耳はだらりと垂れている。ビューティコンテストでは勝てそうにない犬だったが、マライアはその犬が波打ち際を飛びはねるうれしそうな様子に思わずほほ笑んだ。きっと思いきり笑っているのね。

飼い主のほうはまったく逆だった。彼は体を動かすのが苦痛のように、のろのろとつらそうに立ち上がった。その動作は百歳の老人を思わせたが、彼は老人ではない。髪は黒くて白髪などなく、しかめた顔のしわは年齢よりも苦痛のせいに見えた。

男がまっすぐ体を起こすと、マライアは彼の背が高いのに気づいた——わたしよりもさらに何センチか高いだろう。スウェットパンツとウインドブレーカーを身に着けているが、まるで最近体重が落ちたか、病気でもしたようにぶかぶかだった。

この取り合わせ、つまり男と犬は、すばらしい被写体だ。マライアは次々とシャッターを切った。犬がうれしそうに男に駆け寄る。

「プリンセス。おい、こら」彼の声が風に乗り、マライアのところへ運ばれてきた。「もう帰るぞ」

男の声は低く落ち着いていて、豊かな響きだった。

犬と飼い主が赤く染まった空を背に浮かび上がり、はっとするような像を結んだ。マライアがカメラを高く構えてもう一枚撮ろうとしたとき、犬が彼女のほうを向き、耳をぴんと立てた。そしてマライアのほうへ駆け出したので、男も振り返った。

「止まれ」男は命令した。おだやかに、たった一言しか言わなかったが、犬は立ち止まった。そして少し体を引き、マライアに笑いかけるように背中全体を震わせている。

マライアは、犬から男に目を移した。男はかなりのハンサムだった——少なくとも、笑えばとてもハンサムだろう。

黒い髪は地肌近くまでカットしてあり、全部剃《そ》ってから伸ばしたようにも見える。その短い髪のいかめしさにもかかわらず、男は息をのむほどすてきだった。顔だちは彫刻のようで、骨格は荒削りではなく上品さがあった。眉は濃くて黒に近く、いまは目の上でしかめられている。目の色はたぶん茶色だろう。顎の線は完璧《かんぺき》と言ってもよく、唇はやや厚めで、鼻はわずかに曲がっていた。

よくよく見たあと、マライアは気づいた。彼のことを振り返って見るほどの男ではないと思う人もいるだろう。率直に言って、彼は型どおりのハンサムではない——メンズファッション誌の表紙を飾ることはなさそうだ。だがその姿は、マライアの心を強く引きつけるものがあった。

「ハーイ」マライアは上体を起こしてTシャツの前から砂を払った。

男の目がその手の動きを追う。マライアは自分が寝るときに着ていたTシャツとショートパンツしか身に着けていないことに気づいてどきりとした。ブラジャーを着けていなかったのだ。

「ごめんなさい」マライアはそう言い、さりげなく胸の前で腕を組んだ。「邪魔するつもりはなかったの」

わたしったら何を言っているのかしら？　自分のビーチにいるのに謝るなんて。マライアが謝る必要はなかった。それに、ブラジャーを着け忘れているからといって謝ることもあるまい。男はまだ顔をしかめているが、マライアの胸のあたりをずっと見ていることからして、彼女が下着を着けていないために困惑しているわけでもなさそうだ。

男はようやくマライアから目をそらし、コテージのほうを見やった。「きみの家？」

マライアはうなずいた。「ええ。このシーズン中、借りているの」

「すてきだ」男はそう言ったが、その目はまたマライアを見つめ、彼女のむきだしの脚をなぞってからもう一度すばやく体と顔をたどった。「きみを起こしてしまったのかな。この犬はときどき声が大きくて――」

「いいえ、わたしも今日は早く起きて夜明けを撮ろうとしていたの」

男は空を見上げた。太陽はすでに水平線の上に出ており、みるみる上昇していく。「すまなかったね。きみの邪魔をしてしまった」

「いいのよ」

男は手を差し出し、マライアが立ち上がるのに手を貸そうとした。

彼の手を取るには、組んだ腕をほどかなければならなかった。だがどのみち、腕を組んだまま立ち上がることはできない。

気にしすぎよ。マライアはそう思いながら彼の手をつかんだ。この人みたいな顔だちの男なら、女の体なんて山ほど見てきたはずだもの。それも、くたびれたTシャツよりももっと肌のあらわな姿を。こんな格好なんて見慣れているわよ。たいしたことじゃないわ。

だが彼のほうは、まさにたいしたものだった。彼の手を借りて砂浜から立ち上がったとき、思いがけなく互いの体が近づいた。マライアが後ろへさがろうとすると、男はもう片方の手で彼女を支え、その指が肘に熱く触れた。

彼の目は青だった。電光のような、あざやかなネオン・ブルー。その目が魅せられたように熱くきらめいている。彼もマライアに魅力を感じているらしい。

「本当にきみなのか?」

男はそう尋ね、マライアは彼が何を言っているのかわからず、きょとんとして見つめた。

「このコテージを借りているのは?」彼が言葉をつぎ、やっとマライアにも意味が通じた。

「ええ」マライアはそっと腕を離して、互いのあいだに距離を置いた。「住んでいるのはわたしだけよ」

彼はうなずいた。それにしても、ずいぶん生真面目《きまじめ》な人みたい。マライアはまだ彼が笑うのを一度も見ていなかった。

「あなたは?　ご家族で休暇中?」

男は首を振った。「いや、僕も一人なんだ」彼は漠然とビーチの先を指した。「リゾートホテルに泊まっているよ、いまのところは。でもこの辺のビーチにある家を借りようと思っているところなんだ。もうルームサービスにはうんざりで――自分のキッチンがほしいよ」

「楽あれば苦ありよ」マライアはそう言った。「家を借りれば自由はきくけれど、メイドはいないのよ。もしあなたがちゃんとキッチンを片づけなかったら……そうね、すごい種類の虫が集まってくると思うわ。何一つ出しっぱなしにはしておけないの。でもそれさえ気にしなければ、とても快適よ」

男はうなずいた。「もうしばらくはルームサービスに頼ることにするよ」

犬のプリンセスが少しずつ前へ動き、冷たい鼻をマライアの膝の裏側に押しつけた。

「きゃっ！」マライアは叫んだ。

「プリンセス、さがれ」男は鋭く言った。

「この子はふざけただけよ」マライアは取りなしたが、犬はすぐ命令に従った。「いいのよ。ちょっとびっくりしただけ。気にしてないから。この子は……あまり見かけない犬種ね」

男の目に面白がっているような光が浮かんだ。「きみはとても気を遣うんだね。でもいいんだよ。こいつはただの雑種だ。自分でもわかってるさ。自慢できるようなところはないんだ……僕らのどちらもね」

「あなたの命令はちゃんときくじゃない」マライアは言った。「血統よりそっちのほうが大切だわ」

「しつけがよかったのさ。こいつは……何年か前に友人からもらったんだ」

男は突然目に浮かんだ悲しみを隠そうとするように、海の彼方《かなた》へ目を向けた。だがマライアがそう思っただけかもしれない——彼が振り返ったとき、それはもう消えていた。

彼は手を差し出した。「僕はジョナサン・ミルズ。ジョンと呼んでくれ」

彼の手はあたたかくて大きく、マライアの手が細くきゃしゃに見えた。

「わたしは……」マライアは一瞬、どちらの名を言えばいいのか迷ってためらった。「マライア・ロビンソン」結局そちらにした。嘘《うそ》をついている気はしなかった。この二カ月あまりのうちに、彼女はどんどんマリー・カーヴァーらしくなくなり、マライア・ロビンソンらしくなっていた。少なくとも、祖母が話してくれたマライア・ロビンソンにちなんでいた。幼いころのニックネームである〝マライア〟は、そのマライア・ロビンソンにちなんでいた。

彼はマライアの手を握ったままだったが、その目はまた彼女の胸を見ていた。

「今週はずっとここにいるの？」マライアは尋ねた。

男は目を上げ、ほんの一瞬、その目にばつの悪さがのぞいたように見えた——盗み見しているのを見つかったような。だが、それもたちまち消えた。彼は感情を隠す名人だ。

「髪が元に戻るまでいるつもりだよ」彼は答えた。

マライアはそっと手を引き抜いた。「そうね、それも髪型が気に入らない時期をやりすごす手だわ」

ジョナサン・ミルズの顔に笑みが浮かびかけた。浮かびかけたが、完全な笑いにはならなかった。彼は短い髪に手を走らせた。「実を言うと、これでも今日はましなんだ。本当のところ」

どうしよう、彼を怒らせてしまったのかしら？「ごめんなさい、あなたの髪型がよくないとか、そんなことを言うつもりじゃなくて……そのう……」マライアの声はとぎれた。

彼がようやく笑顔になった。「いいんだよ。どう見えるかはよくわかってるし、ここ何日かでずっとましになったんだから」

ジョナサンの笑顔はすてきだった。ひかえめな笑みが形のいい唇の端に浮かんだだけだったが、すてきなことに変わりはない。

彼はマライアが持っているカメラに目を向けた。「プロのカメラマンなのか？」

マライアは首を振った。「まさか。あの……違うわ」わたしったら、どうしたの？中学生だったのはもう二十年も昔のことなのに、なぜいきなりそんなふうに振る舞っているの？「ただの趣味よ」

わたしの見間違いだろうか。マライアは、ジョナサン・ミルズの顔色が青ざめたような気がした。

「僕もカメラを持っているんだ。でも正直に言うと、ちゃんと使えるのかわからなくて。二、三年前に買ったきりあまり使っていないんだ。いつか持ってきてもいいかい？　きみなら使い方がわかるんじゃないかな」

「持ってきてもいいか、ですって？　もちろんよ」

彼はリゾートホテルのほうへ目を向けた。「そろそろ失礼するよ」

彼はさっきよりも顔色が悪くなっていた。それに鼻の下に汗が浮かんでいる。朝の日差しは強かったが、それほど暑いわけではないのに。

「大丈夫？」マライアはきいた。

彼は両手に額を押しつけた。「どうかな。なんだかちょっと……めまいがして」

彼とは会ったばかりだ。マライアは彼を家に入れるべきではないとわかっていた。だが、テラスへ連れていって日陰で少し休ませるくらいはいいだろう。

「うちへ来て、日陰で休んだらどう？」マライアは言ってみた。「冷蔵庫にアイスティーがあるから」

ジョナサンはうなずいた。「ありがとう」

顔じゅうに汗を浮かべながら、彼はマライアについてコテージへ向かった。プリンセスまでおとなしくなり、静かに二人のあとをついてきた。

マライアは後ろ向きに歩き、心配そうに彼を見つめた。「まさか、わたしを見て心臓発作を起こしたんじゃないわよね？」

なんにせよ、彼が体調をくずしているのは確かだ。唇が笑いとも取れる歪《ゆが》んだ形に曲がった。「心臓は大丈夫だよ」

彼がしゃべるのもつらそうなのを見て、マライアはそれ以上何もきかなかった。彼がかすかによろけた。マライアはすばやく支え、夢中で彼の体を抱え、腕を自分の肩にのせた。

彼の体はあたたかく、固く、マライアの脇腹《わきばら》から腿にぴったり押しつけられた。

最後にこんなふうに男の人と腕を組んで歩いたのはいつだっただろう？

一度もないわ。

腕を組んで歩いた男はたくさんいる――最近ではないが――しかしこんな男性と腕を組んで歩いたことは一度もなかった。

ジョナサン・ミルズはマライアの知っている誰とも違っていた。トレヴァーも含めて。トレヴァーとは特に違う。

「迷惑をかけてすまない」コテージのテラスに続く階段のところまで来ると、彼はつぶやいた。

「ここを上がれる？」マライアは尋ねた。

しかし彼はすでにうずくまりかけ、三段目に座るところだった。「一つ頼まれてくれないか？」

「ええ、いいわ」

「リゾートホテルにいる僕の助手に電話してほしいんだ。名前はダニエル・タナカ。七五六号室だ。彼に迎えに来るよう言ってくれるかな」

「もちろんよ」

ご主人をそばで見守るのはプリンセスにまかせ、マライアは階段を二段飛びで駆け上がった。

電話はじきにつながった。ダニエル・タナカは眠っていたが、すぐに目をさました。マライアが道順を伝えると、彼はすぐ行くと答えた。

マライアは電話をしながらプラスチックのタンブラーにアイスティーをそそぎ、電話を切ったあとそれを持ってテラスに戻った。「彼が来るまで、十分もかからないはずよ……」

だが、ジョナサン・ミルズはもう階段に座っていなかった。テラスにもいない。家の中に入ってきたなら、姿が見えたはずだけれど……。

砂浜に出てみると、プリンセスが鋭く吠《ほ》えた。マライアは階段を半分ほど下り、そこでジョナサンを見つけた。

彼は砂の上に倒れ、気を失っていた。

初め、マライアは彼が死んでしまったと思った。ぴくりとも動かずに横たわっていたからだ。アイスティーのグラスを階段に置いたが、彼のところへ駆け出したはずみで引っくり返してしまった。

首筋の脈がゆっくり確実に打っているのがわかると、マライアはほっと息をついた。指に触れた彼の肌はあたたかく、顎の無精ひげがざらざらしている。最後に男の人の顔に触れたのはいつだっただろう。トレヴァーがとうとう出ていったときよりも、前？　正直言って、マライアは思い出せなかった。

「ジョン」マライアはそっと呼びかけて彼を起こそうとした。決して耳元で叫ばないよう気をつけた。

彼はうなるような声を出して身動きしたけれど、目は閉じたままだった。

早朝の日差しがマライアの頭と背中に突き刺さりはじめていた。「ジョン」彼女は声を大きくしてもう一度呼びかけ、肩を揺すった。「ねえ、起きて。日の当たらないところに行かなくちゃ」

ジョンは大柄だが、マライアも小さくはなかったし、彼の腕の下をつかんで持ち上げることはできた。彼は日陰のほうへ引きずられていく途中で目をさましたが、日光のまぶしさにたじろぎ、すぐにまた目をつぶった。

「僕はどうしたんだ？」

「気を失っていたみたいよ」マライアは答えた。

家の脇は少し日陰になっており、彼はそこの地面に座りこんだ。

「体を起こせる?」

彼は首を振った。「まだくらくらするよ」そう言って、砂の上にあおむけに横たわった。

「ジョン、わたし、冷たいタオルを持ってくるわ。立ったりしないでね。いい?」

「うん」彼は苦しそうに答えた。

マライアはまた階段を駆け上がって家に入った。リネンクローゼットからハンドタオルを二本つかみ、キッチンの流しで冷たい水にひたしたとき以外は立ち止まらなかった。戻ったときもジョナサンは動いていなかったが、彼女の足音で目を開けた。

「本当にすまない」彼は言った。その目はまじりけのない青だった。

マライアは彼の隣に腰を下ろし、そっと体を持ち上げて、固い地面のかわりに自分の膝に彼の頭をのせた。額に冷たいタオルを当てると、彼は目を閉じた。

「どうしたのかおぼえてないんだ」ジョナサンは言った。「階段に座っていて、気分が悪くなりそうだったから、立ち上がって……」彼は笑ったが、その声は苦しげで、とまどっているようだった。「気を失ったのは初めてだよ」

彼が体を起こしたがっているようだったので、マライアは手を貸した。わずかに手を触れただけで、彼の体がこわばっており、大きなストレスを抱えているのがわかった。肩や首にもそれが感じられるし、こわばった顔にも見てとれる。マライアはそっと彼の肩や背中をさすりながら思った。わたしがこの二カ月でおぼえたことをすべて、いますぐこの人にほどこしてあげられたらいいのに。わたし自身に役立ったリラックス法やストレス解消の方法を全部。

「ああ、いい気持ちだ」彼は大きく息をついた。

「リゾートホテルにはプロのマッサージ師がいるわよ」マライアは言った。「時間を取ってプロにやってもらったほうがいいわ。すごく体がこわばっているもの」

力が抜け、背中の固さはかなりほぐれてきた。彼がため息をつく。マライアが見ていると彼は目を閉じ、両手に額をのせて背中を丸めた。

「まだ眠っちゃだめよ」マライアはかがみこんで言った。「ちょうどお友達が着いたみたいだわ」

マライアの唇は、彼の耳のやわらかい部分からほんのわずかのところにあった。彼女はふと気まぐれを起こしてそのすきまをうずめ、そっと唇を触れて軽いキスをした。

彼はふたたび目を開け、まるで体をかみちぎられたかのように振り返って彼女を見つめた。

マライアは頬が赤くなるのを感じた。わたし、とうとう頭が変になったんだわ。

だがマライアが赤くなるのを見ると、彼のまなざしはやわらぎ、そのせいではっと胸をつかれるほどの傷つきやすさがのぞいた。

マライアは直感的に、彼が普段そのことを隠しているのに気づいた。それに、彼が多くのことを隠しているのも。

「ジョン、大丈夫ですか？」

ダニエル・タナカはやや小柄な男だったが、細い体には意外なほど力があった。彼はかがみこんで、やすやすとジョナサンを立ち上がらせた。

ダニエルはマライアのほうを向いた。「何があったんですか？」

「わからないわ」彼女は首を振ってすっと立ち上がり、ダニエルがジョンを支えて車へ向かうのを手伝った。「彼はリゾートホテルからビーチ沿いに歩いてここに来たの。二人でおしゃべりしていたら、急に汗が噴き出して……それから気を失ってしまったの」

「朝食を食べればいいんだ」ジョンは二人の手を借りて助手席に座りながら言った。「大丈夫だよ」

「ええ、まるで車にひかれた動物みたいに大丈夫そうだわ」

マライアは少しシートを倒し、それからかがみこんでシートベルトを締めてやった。二人の胸が触れ合った。マライアがジョンを見ると、彼もまた目を開け、まっすぐに彼女を見ていた。

「ありがとう」彼はそう言い、例の中途半端な笑みを浮かべた。

マライアは口の中がからからになるのを感じながら、体を引いてドアを閉めた。

「おいで、プリンセス」ダニエルが呼んだ。

犬は車に飛び乗り、バックシートで足を踏んばった。

ジョナサン・ミルズが遠ざかっていく車から弱々しげに手を振った。

マライアは時計に目をやった。六時にもなっていない。一日はまだ始まったばかりだった。


女はリゾートホテルのヘルスクラブの窓から彼らを見ていた。

彼女は毎日早朝に何時間かトレーニングをする——ほかの客がクラブに来るよりも早い時間に。彼女がここに来るのは、体に活力を与え、鍛えるのが目的だった。壁の鏡に自分のレオタード姿を映したり、ウエイトリフティングをしている健康なたくましい男の注意を引くためではない。

そう。彼女がさがしている男は、バーベルを持ち上げたりしない。

建物のわきの駐車場に車が止まった。彼女が腕の運動をしていると、若いアジア系の男がもう一人の男に手を貸して車から降ろし、料金の高い部屋のある棟へ行くのが見えた。犬がおとなしく二人のあとをついていく。

年上のほうの男は背中を丸め、疲れか痛みでもあるように前かがみになっている。肌も血の気がない。だが彼には彼女の目を引くものがあった。

彼女はダンベルを置いて窓辺に近寄り、二人の姿が見えなくなるまで目で追っていた。

マライア・ロビンソンに関しては万事順調だ。

ゲームは今朝早く始まり、すでに期待以上の成果を得ていた。

ジョン・ミラーはマライアの車寄せに車を止めた。深呼吸をし、体にわき立つ興奮に愉快さと嫌悪の両方を感じていた。

マライアは容疑者に近づくための手段だ。それ以上でもそれ以下でもない。

ミラーは、自分の心がはやっているのは、別人になりすまして、ブラック・ウィドーをとらえようとしているからだと思おうとした。それに隣の席に置いた花束は、容疑者と親しい女に近づく計画の一部にすぎないのだと。

ミラーは昨日、薔薇《ばら》を一ダース注文しておいた——助けてもらったお礼に——そのときはまだマライアに会ってもいなかったが。しかし午後になって花屋に薔薇を受けとりに行くと、明るい黄色の花が目につき——その堂々と大きくて丸い花々が、店の中にぱあっと明るいしぶきを上げているように見えた。

彼はすぐに気づいた。マライアはきっと、温室ものの薔薇より自然の花が好きだろう。ふと気まぐれを起こし、薔薇はやめて、その黄色い花をひなぎくやかすみ草とかいう繊細な白い花と合わせた大きな花束を買った。

そんな衝動は抑え、薔薇を買うべきだった。薔薇は計画の一部だった。薔薇なら、個人的な意味合いのない礼になる。

だがこの黄色い花は、セリーナ・ウェストフォードをとらえることとはなんの関係もない。それはミラーがマライアの薄茶色の目を見つめたときにわき上がった、間違えようのない熱い欲望ゆえのものだった。

マライアは写真どおりの女性、いや、それ以上だった。

そしていま、ミラーはこのばかげた花束を持って彼女の家に入り、自分が誰で、なぜこの島に来たのか、嘘の話をしようとしている。だが、なかでもいちばんの嘘は、二人のあいだに燃え上がった情熱から目をそむけることだった。ジョナサン・ミルズはマライアの友人にしかなれない。彼女を恋人にしたいと思い、いつまでもずっと彼女の落ち着いた安らぎに溺《おぼ》れたいと思っているのは、ジョン・ミラーのほうなのだ。

ミラーは車から降り、花束を持った。マライアの家の玄関に行ってベルを鳴らす。

返事はなかった。

マライアが家にいるのはわかっていた――ダニエルが、一日じゅう外で見張り、彼女は午後に用事で街を走りまわったあと帰宅したと連絡してきたばかりなのだ。それに、彼女の自転車が家のわきに立てかけてある。

ミラーは家の裏へまわった。そしてビーチへまわり、そこであやうくマライアにぶつかりそうになった。

彼女はまっすぐ海から上がってきた。濡《ぬ》れた肌が光り、ワンピースの水着がみごとな体に張りついている。彼女が驚いて目を見開くと、まつげの水滴に太陽の光がきらめいた。

「ジョン！　ハイ！　どうしたの？」

彼女はなんてすてきなのだろう。何から何まですばらしい。だがマライアは水着姿を恥ずかしがるように、ウエストにタオルを巻いた。

ミラーは黄色い花束を差し出した。「今朝助けてくれたお礼をしたかったんだ」

マライアは花束を受けとったが、それにはほとんど目を向けなかった。彼女はじっとミラーを見つめ、そのまなざしは彼の顔にそそがれていた。「大丈夫なの？　ここまで歩いてきたんじゃないでしょうね？」

「いや、車で来たよ」

「一人で？」彼女はミラーの肩ごしに、車寄せにある車を見やった。

「もうだいぶよくなったんだ」彼は言った。「あれはちょっと……たぶん、低血糖のせいだよ。ゆうべあまり食べなかったし、今朝もホテルを出る前に何も口に入れなかったから。でもいくらか朝食をとったし、ダニエルに連れ帰ってもらったあと、何時間か睡眠もとった」

「低血糖」マライアは彼の顔を見つめたまま繰り返した。

彼女がミラーの言葉を信じていないのは確かだった。ジョナサン・ミルズの作り話を始めるにはうってつけのオープニングだ。だがその言葉は――嘘は喉につかえ、ミラーは生まれて初めて、こんなことはできないと思いそうになった。

どうかしているぞ。いつも偽装工作で面白かったのはこの部分――ゲームの主役たちに近づくところなのに。ミラーは偽装上の作り話を嘘だと考えたことはなかった。それは、いわば新しい真実だったのだ。

しかしマライアの目を見ていると、彼はジョン・ミラーを振り払えなくなった。きっとここ数年の疲れやストレスが頭をもたげてきたせいだろう。

「本当は」彼は咳払《せきばら》いをした。「たぶん、低血糖と重なったからじゃないかな――僕が化学療法を一通り終えたばかりだってことが」彼はマライアの目に理解と恐怖が浮かぶのを見つめた。満足してもいいはずなのに、ミラーが感じたのは強い後ろめたさだけだった。彼は自分をいましめた。どうせ僕は〝ロボット〟じゃないか。

「まあ」彼女は言った。

「癌《がん》なんだ」ミラーは彼女に話した。「ホジキン病だよ。医者は早期に発見してくれた。僕は……運がいいんだ。そうだろう？」

マライアは花束に目を落としていたが、まなざしはうつろだった。彼女が顔を上げて彼を見たとき、その目には涙が浮かんでいた。思いやりの涙、同情の涙だった。ミラーはゴールに一歩近づいたのがわかった。だが、ロボットであろうがなかろうが、気持ちのほうは最悪だった。

「今朝言った、アイスティーを一杯いかが?」マライアは言い、まばたきで涙を払って、懸命に親しみのこもった笑みを浮かべた。

ミラーはうなずいた。「ありがとう」

マライアはテラスへの階段を先に立って上がっていく。ビーチタオルの下でヒップが揺れた。ミラーはそのまま見ていた。彼にできるのは見ることだけだった。

「このお花、きれいだわ。こんなすてきな花束は初めてよ」マライアはクッションつきの椅子に囲まれた、日傘が影を落としているテーブルを指した。「どうぞ座って」

「ありがとう」

マライアはキッチンに花を持っていき、カウンターに置いた。癌。ジョナサン・ミルズは癌にかかっている。化学療法を一通り終えたばかり。

マライアはカウンターの縁をぎゅっとつかみ、必死に平静を保とうとした。

ストレス。痛み。悩み。わたしのちっぽけな悩みなんて、放《ほう》っておけば確実に死に近づく病気にくらべたらお笑い草だわ。それに、たとえ治療をしても、彼が生き延びる可能性は多くはないんだもの。

癌。なんてこと。わたしに花を持ってきてくれたのがそんな重病人だなんて。

マライアは時間をかけて花をいけた。そして、テラスに戻り、死に向かっている男とたわいないおしゃべりをする気力をふるい起こそうとした。

深呼吸をして、キャビネットからグラスを二つ出した。氷をいっぱいに入れてから紅茶をそそぐ。癌。グラスを持ってテラスに戻るころには、どうにか笑みを浮かべることができた。

だがミラーはごまかされなかった。「驚かせてしまったね」彼女がグラスを前に置くと、彼はそう言った。「悪かった」

マライアは彼の向かいに座り、脚がほとんど隠れるようにタオルをかけた。彼は重い病気だと言ったことを気にしてくれた。それがマライアにはありがたかった。「そのことを話してもいいの？」彼女は尋ねた。

ミラーはアイスティーを飲んだ。「ときどき、ここ一年その話しかしなかったような気がするよ」

「話したくないなら――」

「いや、いいんだよ。なんだか……きみには知ってもらいたいんだ」

彼は大きく息をして、無理に笑った。

「さて。『リーダーズ・ダイジェスト』風にいこうか。僕はホジキン病と診断された。リンパ節の癌だ。さっきも言ったように、医者は早期に発見してくれた――まだ第一段階で、つまり転移はしていなかったんだ。ホジキン病の第一段階患者の生存率は比較的高い。だから僕は治療を受け、化学療法を受けた——ホジキン病自体よりこっちのほうがよっぽどひどかったよ。そのあとここへ来て、髪が元に戻るのを待っているというわけさ」彼は言葉を切った。「それと、危険を脱したかどうかがわかるのを」

マライアは彼の肩のこわばりを思い出した。気を張りつめているのも無理ないわ。生きるか死ぬかの宣告を待っているなんて。

「食欲がないのも当たり前ね。それに、あまり眠っていないんでしょう」マライアは言った。「違う？」

彼の目で何かが揺らめいた。彼は海へ、波打ち際のきらめきへまなざしを向けた。すぐには答えが返らなかったが、マライアはじっと待ち、彼はようやく振り返った。「そのとおりだ」

「それは眠れないっていうこと？」マライアは尋ねた。「それとも、眠ったあと何時間かするとと目がさめてしまって、横になったままあれこれ考えたり、不安になったりするの？」

「両方だね」ミラーは認めた。

「わたしもそうだったわ」マライアは言った。「眠ってから二時間すると、ぱっちり目がさめてしまうのよ。横になったまま、いろいろな不安で息がつまりそうになって……」彼女は頭を振った。「ひどい生活だったわ」

「悪夢を見るんだ」ミラーはいつのまにかそう言っていた。取り消すには遅すぎた。ジョナサン・ミルズは悪夢など見ない。悪夢はジョン・ミラーの悩みだ。彼はアイスティーを飲みほして立ち上がった。「長居するつもりはなかったんだ。きみも忙しいだろうから。ただお礼を言いたかったんだ……いろいろしてもらって」

マライアも立ち上がった。「あの、ストレスを軽くする方法を書いた本があるんだけど、よかったらお貸ししましょうか」

本だって。なんて好都合だろう。いつか午後にでも返しに来られるじゃないか——ちょうどセリーナ・ウェストフォードが来ているときに。

「ありがとう」ミラーは言った。「ぜひ貸してほしいな」

脚にタオルのすれ合う音をさせながら、マライアは家の暗がりへ消えた。本はリビングに置いてあったらしく、彼女はすぐ戻ってきた。

ミラーは本を受けとり、カバーに目を走らせた。『ストレスを解放する一〇一の革新的方法』とある。

「ありがとう」ミラーはもう一度言った。「二、三日したら返しに来るよ」

「ずっと持っていてかまわないわ」マライアは答えた。「わたしはもう、その本にあることはだいたいできるようになったから。それに、また買えばいいんだし」

ミラーは完璧な計画が崩れたことに思わず笑い出した。「わからないのかい？　返したいんだよ。そうすればまたここに来る口実になるだろう」

マライアの薄茶色の目がやわらぎ、ミラーは今朝彼女がそっと耳にキスしたあとの顔を思い出した。

「口実なんかなしで来ていいのよ」彼女は静かに言った。「また来てね。いつでもいいから」

ミラーは礼を言いながら無理に笑った。いったい僕はどうしたんだ？　車をまわりながら彼はふたたびそう思った。してやったりじゃないか。彼女は僕に好意を持ったんだ——これ以上ないほどはっきりと。計画は完璧に進んでいる。

ミラーは人間の屑《くず》になったような気持ちを抱え、車のギアを入れて走り去った。

3

セリーナのスポーツカーが〈ファウンデーション・フォー・ファミリー〉の建築現場の前に止まったとき、マライアは屋根の上にいた。

「ハロー！」セリーナのよく響くイギリス風アクセントは、マライアのところまではっきりと聞こえた。

マライアは手の甲で額の汗を拭《ぬぐ》った。明日はスウェットバンドを忘れずに持ってこなければ。天気予報ではこの暑さがさらにひどくなると言っていた。体は汚れ、暑くてたまらず、汗と日焼け止めが目に入ってちくちくする。それに背中も痛くなってきた。

だがマライアは、笑いや歌をまじえて仕事をする仲間に囲まれていた。マライアはこの家の持ち主になるトーマスやルネと一緒に釘《くぎ》を打ち、二人が誇りを持って、自分たち夫婦と子どもたちの住む家を建てている姿を眺めていた。

食事はボランティアたちが持ってくるサンドイッチやレモネードで、昔ながらの棟上げ祝いのようだった。それにトーマスとルネは毎日マライアのところへ来ては、わざわざ礼を言い、帰るときに彼女を抱きしめることさえあった。

マライアはこれほど幸せを感じたのは初めてだった。

セリーナが額に手をかざし、マライアを見上げた。「何時に終われるの？」

マライアはハンマーを作業靴に引っかけ、ベルトから水筒を取って蓋《ふた》を開けた。答える前に長々と水を飲む。「わたしは六時で終わりよ」

「そう。じゃあ七時に会えるわね、リゾートホテルで」セリーナは言った。「プールわきのグリルで食事をしましょう。そのあとバーをはしごして、あなたがいみじくも言った〝夫さがし《ハント》〟もしましょうね」

リゾートホテル。ジョナサン・ミルズがいるところだ。でも、彼がバーをうろつくタイプとは思えない。それでも、もう少しでマライアは一緒に行こうという気持ちになりかけた。

が、水筒をベルトに戻し、ハンマーを握った。「悪いけど、行けないわ」マライアはセリーナにそう言いながら、口実があって助かったと思った。マライアもバーをうろつくタイプではなかった。騒がしくて人が多いし、たばこの煙や不愉快なことばかりだ。「明日もまたここに来るの。だから朝早く起きなくちゃならないの。ラロンダが〝電撃戦〟を――かなりタイトなスケジュールを組んじゃったのよ。日暮れまでに、雨水が入らないようにしなきゃならないの」

セリーナはつましい大きさの家を囲っている目の粗い合板を見やり、エレガントな眉をつり上げた。「本気なの？」

「本気よ」マライアは楽しげに言った。「もちろん、ボランティアはいつでも最優先よ。まさかと思うけど、あなた、興味があるの……？」

「冗談じゃないわ」セリーナは顔をしかめた。「もうさんざんやったもの――昔、アフリカで、平和部隊にいたときに」

平和部隊。おかしな感じだ。セリーナは一年以上を平和部隊ですごし、道路や住宅を建設して、いまでも電気のない地域で働いていたという。二人はよくそのときの話をしたが、マライアはいまだにこの優雅なブロンドの女性が、実際に手を泥まみれにしてトイレ用の穴を掘っている姿を思い浮かべることができなかった。

「それじゃあ、今夜のお楽しみには来てくれないのね？」セリーナが尋ねた。

マライアは首を振った。「お楽しみなら、いまやっているもの」

「あなたって、ほんとに変わっているわね」セリーナは車に戻り際、振り返って叫んだ。「金曜の晩に開くわたしのパーティーは忘れないでちょうだい」

「ねえ、セリーナ、わたしはパーティーってあまり……」

しかしセリーナはすでに運転席に座り、爆音をたてて車を出していた。

マライアはパーティーなど行きたくなかった。セリーナのパーティーには何度か出たが、彼女の気取った遊び友達がつまらない話ばかりしているなかで、所在なく立っているだけだったのだ。

最後に行ったとき、マライアは早々に引きあげ、またセリーナから誘われることがあっても断ろうと誓った。何かうまい言い訳を考えなくちゃ……。

だがいますぐ考える気はなかった。いまは家を建てなければ。心配も、悩みも後まわしだ。

マライアは仕事に戻った。

ミラーはむなしく走りまわっていた。

彼は夜明け前に起きた。わずか数時間眠っただけで、不気味な夢を見て飛び起きたのだ。いつもの悪夢ではなかったが、その夢は影や暗闇《くらやみ》に満ち、もう一度眠れば、すぐあの倉庫の外にいることになるとわかった。

だから彼はコーヒーをいれ、プリンセスを起こしてビーチへ出ると、マライアのコテージへ向かった。

夜明けの最初の光が空を照らしはじめたころ、二日前にマライアと出会った海岸に差しかかった。ミラーが見ていると、コテージの明かりが消え、彼女がバックパックを背負って出てきた。

マライアは自転車に乗って街のほうへ走り去り、ミラーは声の届くところまで近づく暇もなかった。

しばらくは彼女が戻ってくるかと待っていたが、無駄だった。あとになって、彼女の自転車が図書館の駐輪場に置かれているのを見つけた。

彼女の帰宅を待つしかないのはいらだたしかった。だがミラーはこれまで何カ月も張りこみをしたことがあり、いらだちを抑えるすべは身につけていた。彼ははでなビーチパラソルの陰に陣取り、日焼け止めを塗って汗を流しながら待った。

午前中の初めはマライアが貸してくれた本を読んですごした。それはありふれたスキンシップに関する本で、読者に、感情を豊かにし、それを発散させ、話したり泣いたりするよう勧めていた。〝大切なのは感情を解放することです〟ジェラード・ホリス博士なる著者はそう書いていた。〝ストレスを引き起こしている悩みを解決するのはそのあとです〟

ミラーは呼吸法や、自己催眠法の章は斜め読みし、セックスでのストレス解消の部分を読んだ。〝オーガズムによる自己解放に勝るものはありません〟高名なるホリス博士とやらはそう言っていた。〝そうすれば、ストレスが人間の神経系統に及ぼす悪影響をなくすことができます〟

本にはさまざまな方法がおおまかに記載され――それに、セックスに関する部分はまるまる一章をあてて詳しく説明してあり――体も心もリラックスできるよう書かれていた。

ミラーはありったけの努力をして、マライアがその方法を実践している姿を頭から追い払った。

結局、彼女はランチタイムになっても戻らず、ミラーはリゾートホテルに引きあげた。午後はダニエルを手伝い、セリーナ・ウェストフォードの貸し別荘につけた盗聴器を調整した。前日の昼ごろ、セリーナは島を離れた。ダニエルはそのチャンスを利用して、セリーナの家のおもな場所に盗聴器を取りつけたのだった。

そしてミラーはまたマライアの家の前に行った。彼は日没を見つめ、疲労で胃にかすかな吐き気をおぼえながら、彼女はどこに行ったのだろうと考えていた。

マライアの姿を目にするより先に、自転車のきしむ音が聞こえた。彼が見ていると、彼女が車寄せを上がってきて、坂の最後は自転車を降りて押していた。

マライアはキックスタンドを立てたが、砂地はやわらかすぎて自転車を支えられなかったので、家のわきに立てかけた。そしてバックパックから腕を抜き、テラスに続く階段の下にパックを置いた。次に、ひどく不格好な作業靴を脱ぎ捨てると、Tシャツを頭から脱いで、まっすぐ海へ向かった。

ミラーが見ている前で、マライアはシャツを砂の上に放《ほう》り、水の中へ飛びこんだ。彼女がやっとミラーに気づいたのは、浜辺に戻ってくる途中だった。

マライアのランニングパンツは腿に張りつき、ウエストのゴムバンドは水の重さでヒップまでさがっていた。そのせいで驚くほどセクシーに見えたが、マライアはあわててランニングパンツを引っぱり上げ、薄い布地が脚に張りつかないようにした。

「ジョン」マライアはほほ笑んだ。「こんばんは」

彼女はスポーツ用のブラトップのようなものを着けていて、豊かな胸の上を〝チャンピオン〟とはでな文字が走っていた。こちらのほうの濡《ぬ》れた布を肌につかなくするのは無理だったが、彼女はおへそを隠すほうに気を取られているようだった。

「やあ」ミラーはどうにかさりげない口調で言い、いまここでマライアと『地上《ここ》より永遠《とわ》に』の有名な浜辺のシーンを再現できたらどんなにすばらしいかと思っていることなど、おくびにも出さなかった。「一日じゅう、どこにいたんだい？」

「さがしてくれたの？」マライアは声にまじるうれしさや、目に浮かんだ喜びのきらめきを隠せなかった。

ミラーは心にうずきを感じたが、懸命にそれを押しやった。彼女は僕に好意を持っている。うまくいったじゃないか。「今朝も来たんだよ」

波がまたマライアのランニングパンツに打ち寄せ、彼女は水から上がってきて、砂にしずくを落としながら恥ずかしそうに立ち止まった。かがんでプリンセスにあいさつし、うれしそうに犬の耳をかいてやった。

「本土に行っていたの」マライアはそう言い、海水で手を洗った。「ファウンデーション・フォー・ファミリーでボランティアをしているのよ。建築現場で働いてきたの」

「ファウンデーション・フォー・ファミリー？」

マライアはうなずき、片手でポニーテールの水を絞った。「所得の低い人たちに良質の住宅を建てる組織よ。ＦＦＦっていうんだけど、そこが低利のローンを組んで、ボランティアたちが実際に住む人と一緒に家を建てるから、手ごろな値段でできるの」

ミラーもそのグループの話は聞いていた。「僕はまた、きみが大工か電気技師か、プロの屋根職人で、ボランティアをしているのかと思った」

マライアは目を細めた。「どうしてそうじゃないってわかるの？」

ミラーはとっさにわき上がった警戒心を笑いにまぎらせた。彼女は僕がＦＢＩのファイルですべて知っていることに気づいたわけじゃない。僕をからかっているだけだ。だからミラーもまぜっ返した。「きっと僕が性差別主義者で、大工や電気技師や屋根職人になれるのは男だけだなんていう、時代遅れな考えの持ち主だからだろうね。謝るよ、ミズ・ロビンソン」

マライアはにっこりした。「じゃあ、あなたが白状したからわたしも言うけれど、本当は大工じゃないわ。プロの屋根職人にはなれそうだけど。二カ月前にここへ来てから、十軒も屋根づくりを手伝ったのよ。高いところが平気なものだから、いつもそっちにまわされちゃうの」

「週に何日くらいやってるんだい？」

「三、四日ね」マライアは答えた。「電撃戦が入っているときは、もっと多いわ」

「電撃戦？」

「限られた時間内である段階を終えるために、必死でやらなきゃならないときのことをそう言うの」マライアはちらりとミラーを見た。「興味があるなら、次にわたしが行くときに一緒に来たらどうかしら。わたしは明日休みだけれど、あさっては働く予定なの」

「行ってみたいな」ミラーはぽつりと言った。またしてもとまどいがわき上がった――だが今度は彼女をだましているからではなく、いまの言葉が本心に近すぎたからだった。彼は行きたかったのだ。本当に。

標的に近づく手段なんだぞ。ミラーは自分に言い聞かせた。マライア・ロビンソンは、セリーナ・ウェストフォードと知り合って逮捕するための手段にすぎないんだ。

しかしマライアは、恥じらうようにまっすぐミラーにほほ笑みかけた。その目はウイスキーを思わせ、けぶるような薄茶色で、澄みきったあたたかさがあった。

「じゃ決まりね。出発は朝早いの。六時にバンが迎えに来るわ。わたしとここで待ち合わせてもいいし、ダウンタウンの図書館の前でもいいわ」マライアは彼から視線をそらして、空を見上げた。はるか上でまだらになっている雲が、残照でピンク色の筋を描いている。

「見て。なんてきれいなの」

ミラーも彼女の視線を追って空を見上げた。雲が思いつくかぎりのさまざまなピンクとオレンジに染まっている。本当にきれいだ。最後に立ち止まって夕日を見たのはいつだっただろう？

「僕の母も夕日が好きだった」ミラーは自分でも気づかないうちに言っていた。僕は何を言おうとしているんだ？　母のことだって……？

しかしマライアはもう彼に顔を向けており、その目は変わらずあたたかかった。「過去形なのね」彼女は言った。「お母様は……？」

「僕が子どものころに死んだ」ミラーはそう言いながら、そんな話をしたのは、マライアの目に浮かぶはずの同情が目当てだったと思おうとした。

セリーナ・ウェストフォードを思い出せ。マライアは目的を達するための手段なんだ。

大当たりだった。予想どおり、マライアの目がうるんでいる。彼女はたやすい獲物だ。

ミラーは手ごわく疑《うたぐ》り深い犯罪者の裏をかくのに慣れていた。それにくらべれば、マライアを操るのは笑いたくなるほど簡単だった。死んだ母親のことを話しただけで――それが真実なのはどうでもいい――彼女の目は涙でいっぱいだ。

「ごめんなさい」マライアはつぶやいた。彼女はミラーの手に触れ、彼の指をやさしく握ってから放した。

「母はいつもキーウエストに行きたがっていた」ミラーは言い、マライアの目を見つめた。

「キーウエストの住民が毎日夕日を祝福するのを、本当にすばらしいことだと思っていたんだ。あそこの住民は夕暮れのたびに、何分か立ち止まってじっと座ったまま、夕日を見るんだよ。ああ、こんなことを思い出したのは何年ぶりかな」

マライアがまたやさしくほほ笑み、ミラーは自分をごまかしているのに気づいた。これで二度目だ。いまのも彼自身の過去だった。本当にあったことで、ジョナサン・ミルズの作り話ではない。僕がマライアに母の話をしているのは、話したいからなんだ。ミラーはトニーとは長いつき合いだったが、母の話をしたことは一度もなかった。

マライアは黙ったまま、最後の光が消えていくあいだも空を見つめていた。操られているのはどっちなんだろう？　ミラーにはわからなくなった。

「今夜は何か予定があるのかい？」彼は尋ねた。

マライアは振り返って砂の上からTシャツを拾った。「友達が飲みに行こうと誘ってくれたんだけど、断ったの。そういうのは好きじゃなくて。それに、もうくたくた。シャワーを浴びて、簡単な食事をしたら、足を高くしてゆっくり面白い本でも読むわ」

「じゃあ帰るよ」ミラーはつぶやいた。帰らなければだめだ。たぶんその友達というのはセリーナ・ウェストフォードだろう。セリーナが外出するとしたら、今夜ここには来るまい。太陽が昇って朝になったらまたここへ来よう。宵の薄闇が、すべてに誘惑の影を落とすことのない時間になったら。

「あら、忘れるところだったわ」マライアは言った。「本土で、あなたに買ったものがあるの」

彼女は急いでビーチを走り、階段の下に置いたバックパックのところへ行った。ミラーはゆっくりそのあとを追った。僕のために買ったものだって？

「ちょっと待ってて」マライアはそう言い、重そうなバックパックを軽々と持って階段を駆け上がった。プリンセスが彼女の後ろから階段を上がる。

「あらあら、あなたは何をしてるの？」ミラーの耳に、マライアがプリンセスに話しかけるのが聞こえた。

「あなたはここに入っちゃいけないのよ。借りたときの取り決めで、犬や猫は絶対にだめなの。それにこんなこと言って申し訳ないけど、あなたは犬なのよ。そりゃあ信じたくないでしょうけど……」

マライアはテーブルにバックパックを置き、ポケットの一つを開けた。ミラーは階段の途中で立ち止まった。近づきすぎるのを恐れ、彼女のところへ行きたいという衝動と闘っていたのだ。

「本土にネイティブ・アメリカンのクラフトショップがあるの」マライアは話しながら、重い工具ベルトを出してテーブルに置いた。「わたし、そのお店に行くのが好きで……本当にきれいなジュエリーや、すばらしい工芸品があるのよ。今朝そこを通りかかったときには、ちょうどあなたのことを考えていたものだから、お店に入ってこれを買ったの」マライアはバックパックから袋を出し、その袋から何かを取り出した。

それは円の形をしていて、蜘蛛《くも》の巣のような、何かの細い糸を複雑に編んだものがかかっていた。真ん中に糸で羽根が留められており、円の下にももっと長い羽根がいくつかさがっていた。

ミラーはそれが何かさっぱりわからなかったが、なんであれ、マライアは彼のために買ってきてくれたのだ。

「すごいな」彼は言った。「ありがとう」

マライアはにやりと笑った。「なんなのかわからないでしょ?」

「ええと、壁にかけるものだろう?」

「ベッドのそばの壁にかけるの。〝ドリーム・キャッチャー〟というお守りよ。南西部のネイティブ・アメリカンの部族は、眠るときにそれを近くに置いておけば、悪夢を遠ざけてくれると信じているんですって」マライアはお守りをミラーに差し出した。「あなたも壁にかけておけば、眠れるかもしれないわ」

ミラーは残りの階段を上がり、彼女の手からお守りを受けとった。なんと言えばいいのだろうか。最後にプレゼントをもらったのがいつだったかも思い出せない。

「ありがとう」彼はやっとそう言った。

マライアは今日僕のことを思っていた。まだ二度しか会っていないのに、僕のことを思っていてくれたんだ……。

捜査には好都合じゃないか。ミラーはそう思おうとしたが、本当は自分でもわかっていた。不意に襲ってきたこの抑えきれない甘いうずきは、セリーナ・ウェストフォードにも何にも関係ないのだ。

ひとときの心乱れる瞬間、ミラーはマライアとの関係をセクシャルなものにしたいという衝動に従いかけた。だができなかった。彼女をそんなふうに利用するほど卑怯《ひきょう》な人間にはなれない。

それでも、ミラーは別れを告げようとしながら、いつのまにか逆のことを口にしていた。「よかったら一緒に食事をしないか。少し先に魚料理の店があるんだけど……」

「あまり外出したくなくて」マライアは答えた。「でも冷蔵庫に、網焼きにするつもりだったメカジキがあるの。一緒に食べてくれたらうれしいわ」彼女はミラーに答える暇を与えなかった。「シャワーを浴びてくるわね。すぐに終わるわ。キッチンからビールでもソーダでも持ってきて、飲んでいて」

マライアは家に入り、ミラーは食事をしていけない理由を考える暇もなかった。だが理由は山ほどあった。ここで、つまり彼女のコテージという人目のないところで食事をするのは親密すぎる。マライアとはただの友達でいたいというふりを続けられる自信がない。

彼女に近づかないでいられるとは思えない。

だがミラーは何も言わなかった。

なぜなら、危険だとわかっていても、ミラーはマライア・ロビンソンと一緒にいたかったのだ。この何年かに望んだ何にもまして。

「車用のアラームさ」ミラーはマライアが最後の皿をキッチンに運ぶのを手伝いながら言った。「うちの会社では車用のアラームを作っているんだ。この業界は八〇年代後半に急成長してね。僕は父が引退すると、社長をついだ。でも今度はずいぶん長く休んでしまったよ。一、二カ月したら仕事に戻らなきゃ」

マライアはシンクに寄りかかった。「あなたが休んでいるあいだ、業績はどうなの?」

ミラーは肩をすくめた。「安定しているよ」

「それなら何も急ぐことないわ。体が本調子じゃないのに、また激務に戻るなんて。少し休まなきゃ」

彼はかすかに笑った。「まだそんなにひどく見えるかい?」

「それどころか、ずいぶんいい感じになったわ」この数日で彼の髪はかなり伸びていた。その髪は黒く豊かで、いまでは奇抜な床屋に電気バリカンで剃《そ》られたというより、自分の好みで短くしたように見えた。

肌もずいぶん血色がよくなっている。一日必ず何時間か外に出ていたのか、日焼けもしていた。

しかし彼の目は別だった。かすかに赤く、ぼうっとしていて、まだ何週間も眠っていないように見える。

「わたしがあげた本は読んでみた?」マライアは言葉をついだ。

「ああ」ミラーは思わず笑みを浮かべた。「あれは……ためになったよ。特に、セックスでストレスを解消する章がね」

マライアは頬が赤くなるのを感じた。「いやだ。あの章のことはすっかり忘れてたわ。あれこれ詳しく説明してあったのよね。もしかして、勘違いされたかしら――」

「別になんとも思っていないよ」ミラーはさえぎった。「いいんだ。からかっただけさ」

マライアは楽しそうに笑った。「わたしはあなたに、リビングへ行ってわたしのお気に入りのストレス解消法をやってみないかと、きこうとしたのよ」

「まさか〝圧力鍋《なべ》〟式解消法じゃないだろうね?」ミラーはきいた。

マライアは彼がなんのことを言っているのかわかって鼻を鳴らしたが、自分の顔がいっそう赤くなるのを感じた。「違うわ」でもいつか、彼のことをもっとよく知ったら……。

彼はマライアの思いをそっくりたどっているように笑った。ジョナサン・ミルズのほほ笑みはとてもすてきだ。めったに笑わないが、笑ったときには、険しい顔の線がやわらぎ、鋭いブルーの目にあたたかみが浮かぶ。

気がつくとマライアは、うっとりと彼にほほ笑み返していた。

だが彼は見つめ合うのをやめ、マライアから目をそらした。まるで互いの目にわき上がる情熱が、この家を燃やしつくしてしまうかのように。

二人の会話は危険なほど濃密な、セクシャルな方向へ進んでいた。そうしむけたのはジョナサンなのに、彼はいきなりそれをぷっつりと終わらせてしまった。マライアは自分ががっかりしているのか、ほっとしているのかわからなかった。

ジョナサン・ミルズは完璧《かんぺき》なディナーゲストであることを証明した。彼はマライアがシャワーを浴びているあいだにグリルを準備し、冷蔵庫にあった新鮮な野菜でサラダまで作ってくれた。

彼が台所仕事を上手にこなすのは確かだった。それもそのはずだ――ディナーのとき、彼は結婚したことはないと言った。彼はそれ以上その話はせず、父親から受けついで成功しているビジネスの話に終始した。

マライアにはさっぱりわからなかった。なぜこんなに魅力的で裕福な男性を誘惑する女がいなかったのだろう。

だがマライアは、誰かと永続的な関係を持ちたがっているわけではなかった。わたしはセリーナとは違うもの。出会った男性全員を、いちいち自分の相手としてどうかしらと観察したり、夫に求める条件のリストを頭から離さないなんてことはしない。たとえばお金持ちかどうかとか……。マライアはふと思った。セリーナはうなるほど金を持っている男でなければ相手にするまい。ジョナサンは金持ちだが、癌《がん》にかかっている。セリーナなら、重い病と闘っている男性とは知り合いになりたがらないだろう。

ほとんどの女性がそうだわ。

マライアは咳払《せきばら》いをした。「あの、もしやってみる気があるなら、わたしにはすごく効いたリラックス法があるんだけど……」

彼は少しとまどったようだ。「どうしようかな。そういうたぐいのことはあまり得意じゃないんだ。つまり、前にやったけど効かなかったし――」

「試してみてもいいでしょう?」

ミラーは気のない、困ったような笑い声をたてた。「ああいうのはまどろっこしくて……あおむけになって目を閉じると、誰かが言うんだろう。〝あなたは特別な場所にいます。滝が流れ落ち、鳥がさえずっています〟とかなんとか」

マライアは彼のところへ来て、手を取った。「大丈夫よ」そう言って、彼をリビングに引っぱっていった。

ミラーはこんなことをするべきではないとわかっていた。こういうスキンシップをすれば、本当に体も心も触れ合う結果になりかねない。どんなにそうしたくとも、それはミラーの任務ではなかった。

僕は殺人犯をとらえるためにここへ来たんだ。彼は自分にそう言い聞かせた。マライアはその殺人犯に近づく手づるになる。彼女の役割はただの友人。友人であって、恋人じゃない。目的を達するための手段なんだ。

ハロゲンランプのわきを通りすぎながら、マライアはスイッチを入れ、ほとんど感じられないくらいにまで明るさを落とした。その部屋は典型的な賃貸ビーチハウス風のリビングだった。汚れよけのおおいがかかった丈夫そうな家具。白い壁に、模様のない、洗濯の簡単そうなカーテン。

しかしマライアはもう二カ月もここに住み、その部屋に自分らしさを加えていた。ガラスの引き戸のそばで、ウインドチャイムが宵の風にかすかに揺れている。エンドテーブルには本が――ロマンス小説から、軍事物のノンフィクションまで、あらゆる本が積んであった。別のテーブルには、CDプレイヤーとCDの山。更紗《サラサ》模様の布がカウチにかけられている。明るい黄色の花束はミラーが数日前に持ってきたものだ。

マライアは手を離した。「横になって」

「床に?」ミラーはそれだけでもういやになってきた。だが言われたとおり、あおむけになった。「それで目を閉じるんだろう?」

「ええ」

ミラーは目を閉じた。マライアがカウチに座り、サンダルを床に落として長い脚を組む気配がする。

「オーケイ。目を閉じた？」

ミラーはため息をついた。「うん」

「いいわ、それじゃ自分がどこかすてきな場所に横たわっているのを想像して。どこかの野原で、草花が生いしげっていて、鳥があたりを飛び、遠くでは滝が……」

ミラーは目を開けた。マライアが笑っていた。

「あなたの顔ったら」

彼は体を起こし、片手で首と肩を揉《も》んだ。「お楽しみいただいてどうも。おかげでストレスが回復不可能になったよ」

マライアは笑い声をあげた。そのハスキーな、音楽のような響きに、ミラーは体が熱くなった。

「このカウチに横になれば？」彼女はミラーに場所を譲り、クッションを整えた。「今度は腹這《はらば》いになってみて。わたしが背中をマッサージして、ストレスを普通くらいにさげてあげるから」と言って不意にとまどい、手を止めた。「つまり、あなたがマッサージしてほしければだけど……」

ミラーはためらった。そうしてほしいか、だって？　もちろんイエスだ。背中のマッサージ。マライアの指が首や肩に触れて……。ミラーはカウチの上に移った。それ以上先に進まない程度の自制心はあるはずだった。

「ありがとう」ミラーは腕を曲げて頭をのせた。

「本当はシャツを脱いでくれたほうがいいの。でもいやならいいのよ」彼女は急いでつけ加えた。

ミラーは振り向いて彼女を見上げた。「ただ背中をマッサージするだけだろう?」

彼女はうなずいた。

「きみは僕のためにやってくれるんじゃないか。もちろんきみのやりやすいようにするよ」

マライアはぶっきらぼうに言った。「服を脱ぐと、そのあとセクシャルなことが起きると勘違いする人がいるんですもの」

ミラーは思わず笑った。「ああ、そりゃあそうだろうね」

マライアは彼に並んで、カウチのいちばん端に座った。「あなたを誘惑するなら、遠まわしにやったりしないわ。きっとこう言うわよ。〝ねえ、ジョン。わたし、あなたを誘惑したいの。いい?〟って。でもいまはそんなつもりじゃないわ。ほんとよ。まだ会ったばかりだもの。それでなくても、あなたは悩みを抱えている。わたしも同じよ」

「きみにも悩みが?」ミラーは尋ねた。それは彼女が偽名で国内を半分以上移動したことと関係があるのだろうか？

「あなたのとは違うけど。でもそうよ。悩みはあるわ。誰だってそうでしょ？」

「たぶんね」

そんなふうに彼を見下ろして座るマライアは、はっとするほどきれいだった。清潔でつややかな髪がさまざまなウェーブを描き、肩に垂れている。

ミラーは頭からTシャツを脱ぎ、丸めて枕《まくら》がわりに置いた。彼の準備ができたところで、マライアの脚が押しつけられた。ミラーはうっとりしたが、マライアは動かず、彼はカウチの背もたれに押しつけられてしまった。もう逃げられない。

そのときマライアの手が触れた。その指はうなじにひんやりと冷たく、ミラーはマライアから離れようとする気持ちを忘れた。ただもっと近くに寄りたいと思うばかりだ。ミラーは目を閉じ、甘い感情の嵐《あらし》に逆らって歯を食いしばった。

「いまはあなたをリラックスさせようとしているのよ。力を入れるんじゃなくて」マライアはそっと言った。

「ごめん」

「こぶしを握って」彼女が言った。

ミラーは目を開け、頭を上げて彼女を振り返った。「なんだって？」

マライアはやさしく彼の頭を押し戻した。「あなたは右きき？　左きき？」

「右ききだ」

「じゃあ右手でこぶしを握って。ぎゅっと握ったままで——力をゆるめないで」

「なぜかって質問してもいいかい？」

「ええ、もちろん」

「なぜだい？」

「わたしがそう言っているからよ。あなたはこのリラックス法をやることにしたんだし、それはこぶしを握らなきゃできないの。だからやって」マライアは言葉を切った。「でないと背中のマッサージは終わりよ」

ミラーはあわててこぶしを握った。「次は？」

「次は体じゅうのほかの筋肉をリラックスさせるの。でもそのこぶしは握っていてね。まず爪先から始めて、次に脚よ。全部の筋肉をリラックスさせるときに、そういう練習をしたでしょう？　最初に脚、それから腕、それからずっと上へいって首、っていうふうに」

「うん。でも効かないんだよ」ミラーは力なく言った。

「いいえ、効くはずよ。わたしが教えてあげる。足から始めましょう。足全体に力を入れて、爪先にも入れて、それから力を抜くの。それを二回やって」

マライアは彼の髪に指を走らせ、頭の後ろや、こめかみまでマッサージしてくれた。ああ、なんていい気持ちなんだろう。

「オーケイ、それじゃふくらはぎも同じようにして。力を入れて、それから抜いて。ほら、ラマーズ法の母親教室でやる方法よ。未来の母親たちは、ある筋肉を緊張させ、強く働かせるいっぽうで、ほかの部分はリラックスさせておく方法を身につけるの」

マライアの声はやさしく、その手のように心を落ち着かせてくれた。ミラーは気持ちとは裏腹に、緊張が解けていくのを感じた。

「いいわ、脚のほかの部分に力を入れて、それからリラックスさせて。ちゃんとやっている？　力を抜いている？」

マライアの手が下へ伸び、彼の脚に触れてそっと揺らした。

「とってもいいわ、ジョン。とても上手よ。今度は腰とおなかをリラックスさせて……それから背中も全部。でもこぶしは握ったままにして」

ミラーは体が浮き上がるような気がした。

「はい、今度は肩と腕から力を抜いて。左手をリラックスさせて——右のこぶし以外は全部ね。それは握っているのよ」

ミラーはマライアの手の感触を味わっていた。両手が背中に軽く触れ、肩と腕をさすっている。

「顔の筋肉もリラックスさせて」彼女はやさしく言った。そのかすれた、音楽のような声はどこか遠くから聞こえてくるように思えた。「顎の力を抜いて。口を開けて。はい、それじゃ、右手の力も抜いて。何もかも解き放つような気持ちで、手を開いて……あなたの緊張やストレスも全部。みんな自由にしてあげるのよ」

自由にしてあげるのよ。

自由に。

ミラーは言われたとおりにした。そして自分を押しとどめるまもなく、彼は深く豊かな、夢のない眠りに落ちていった。

4

マライアは目をさました。心臓がどきどきいっている。夢を見ていたのだろう。

だがまた聞こえた。リビングから響いてくる、かすれた苦しげな叫び声。マライアは急いでベッドサイドテーブルのランプに手を伸ばし、両手でスイッチを入れようとしてランプを倒しそうになった。四時五十八分。朝の四時五十八分だった。

そして、リビングであの声をあげているのはジョナサン・ミルズだ。

彼はマライアのカウチで眠ってしまった。まるで杭《くい》打ちのハンマーで殴られたように、ぐっすり正体もなく寝入ってしまったのだった。マライアは本を読みながらできるだけ起きていたが、最後には疲れのせいで降参した。彼を起こして帰らせるのは忍びなかった。そこでマライアは、テーブルの下に古い毛布を置いてプリンセスの寝床を作ってやり、ミラーには薄手のシーツをかけて、自分もベッドに引きとったのだった。

またしても叫び声が聞こえ、マライアは廊下に出て明かりをつけた。

ミラーはまだカウチで眠っていた。シーツをはねのけ、あおむけになっている。ひっきりなしに身動きするたびに、顔と胸に汗が光った。

悪夢を見ているんだわ。

「ジョン」マライアは彼のそばに膝をついた。「ジョン、起きて」

そっと肩に触れてみたが、彼にはわからないようだった。目を開けたが、マライアが見えている様子さえない。何が見えているのかしら。マライアにはわからず――彼の顔に浮かんだ激しい恐怖に、彼女はぞっとした。

そのとき彼が叫んだ。「やめろ！」喉を引き裂くような絶叫。そして恐怖は怒りに変わった。「やめろ！」彼はまた叫んだ。「やめてくれ！」

ミラーがマライアの二の腕をつかみ、その指が肌に食いこんだとき、彼女は心の底から震え上がった。そして、部屋の向こうへ投げ飛ばされるかと思った。必死に逃げようとしたが、彼はますます手に力をこめ、マライアは痛さに悲鳴をあげた。

「痛いわ！　ジョン、やめて！　目をさまして！　わたしよ、マライアよ！」

やっと彼の目がマライアを認めた。「あっ！」

ミラーは手を離し、マライアは敷物の上に引っくり返ってお尻と肘をついた。彼から離れようと急いで後ずさり、安楽椅子に倒れこむ。

マライアは肩で息をしていた。ミラーも同じで、彼はカウチに座って体を二つに折った。

彼の目に浮かんだ衝撃は見間違いようがなかった。「マライア、すまなかった」ミラーはかすれた声で言った。「いったいどうしたんだろう？　僕は……そうだ、夢を見ていて――」不意に言葉が切れた。「怪我《けが》をさせてしまったかい？　ああ、きみを傷つけるなんて……」

マライアは腕をさすった。内側のやわらかい部分に、彼の指が食いこんだあとがかすかにあざになりはじめている。

「怖かったわ」彼女は正直に言った。「あなたはひどく怒っていて――」

「すまない」ミラーはもう一度言った。「帰るよ。本当にすまなかった……」

マライアが見ていると、彼は顔をそむけてTシャツをさがしはじめた。しかしTシャツは見つからず、彼はふたたびカウチに座りこんだ。全身が震えている。

「あなたはいつも怒らないようにしているのね」マライアは不意に気づいた。「そうでしょ？」

「何かシャツを借りられないか？　僕のはどこかへいってしまって」

「怒らないようにしているのね？」マライアはなおも言った。

ミラーは彼女に向き合うこともできなかった。「ああ。怒りはなんの解決にもならない」

「そうね。でもそれで気分が晴れることもあるわ」マライアはそろそろと彼のほうへ戻った。「ジョン、最後に泣いたのはいつ？」

彼は首を振った。「マライア――」

「泣くこともしないんでしょう?」マライアは彼の隣にかけた。「あなたは恐れも怒りも悲しみも、全部胸に閉じこめて生きているのよ。悪夢を見るのも無理ないわ」

ミラーは彼女から目をそらした。とにかくシャツを見つけて、ここを出たかった。マライアの目に浮かんでいた恐怖を忘れたかった。

しかし、そのときマライアが彼に触れた。ミラーの手に、肩に、頬に、マライアの指がそっと触れる。彼女の目から恐怖は消えていた。あるのはやさしいいたわりだけだ。

彼はなかば衝動的に手を伸ばした。ただひたすら……どうしようというのだ? 自分が何を望んでいるのかわからなかった。わかっているのは、マライアがそこにいて、彼が受けとらずにはいられない慰めを差し出していることだけだった。

ミラーの腕の中で、彼女の体は溶けてしまいそうに感じられた。マライアが顔を上に向け、次の瞬間、ミラーは彼女にキスしていた。

マライアの唇は熱くやわらかく、信じられないほど甘かった。ミラーは激しく唇を重ね、飢えたように、永久に満たされないかのように彼女をむさぼった。

彼女の体はやわらかく、乳房が彼の胸をこすった。ミラーはさらに彼女を引き寄せた。マライアの体がぴったり重なると、まわりで部屋がぐるぐるまわっているような気がした。彼女のすべてに触れたい。彼女のシャツをはぎとり、なめらかな肌に僕の肌を重ねたい。

ミラーは彼女を抱き寄せて一緒にカウチに倒れこみ、互いの脚をからめ合った。今夜はもう何度も思ったことだが、ジーンズではなくショートパンツをはいていればよかった。ミラーは姿勢を変え、マライアのやわらかな腿のあいだに身を置き、欲望に我を忘れるようにしてさらに激しく、深いキスをした。

これは最悪のミスだぞ。

マライアはミラーを受け入れ、彼が望むものを、それ以上のものさえ与えようとしていた。

それなのに自分は、マライアをセックスのはけ口に使おうとしている。そしてマライアがセリーナ・ウェストフォードを——彼女にとっては友人であり、ミラーにとっては第一容疑者である女を——紹介してくれれば、すぐに捨てるつもりなのだ。

そんなことはできない。

ミラーが体を引くと、マライアはほほ笑んで彼を見上げた。彼女の脚はミラーをとらえ、両手は彼の腰へすべって、しっかりと引き寄せていた。

「ジョン、やめないで」彼女はささやいた。「気づいていないかもしれないから言うけれど、わたし、あなたを誘惑しているの」

「避妊具を持ってないんだ」彼は嘘《うそ》をついた。

「わたしが持ってるわ」マライアは言った。「寝室にあるの」彼女は互いの体のあいだに手を入れ、彼のジーンズのボタンをはずそうとした。「いま持ってくるわ……」

ミラーは体から力が抜けていくような気がした。彼女は僕を求めている。これ以上はないほどはっきりと。

ミラーは彼女が誘うままに顔をさげてもう一度キスをし、ジーンズの上から張りつめた高ぶりを愛撫《あいぶ》されるままになっていた。そのあいだじゅう、ここまで踏みこんでしまった自分の弱さを呪《のろ》いながら。僕は最低の男だ。卑劣な人間だ。最後にはきっと、彼女も一生僕を憎むだろう。

どこからか力がわいてきて、ミラーはマライアから体を離した。「こんなことはできない」言葉が喉につまりそうになった。彼はカウチの端に座って彼女から顔をそむけ、震える手で髪をかき上げた。「マライア、こんなふうにきみを利用するなんてできないよ」

マライアはやさしく、そっと彼の背中に触れた。「あなたはわたしを利用したりしていないわ」彼女の声は静かだった。「本当よ」

ミラーはマライアのほうを向いた。が、それは大きな失敗だった。Tシャツがずり上がってウエストのところにたぐり寄せられた姿は、息をのむばかりだった。ハイカットのコットンのパンティは、ミラーがいままでに見たどんなシルクやレースのものよりも欲望をそそられた。彼女は僕と愛し合いたがっている。手を伸ばせば、このTシャツもパンティも、あっというまにはぎとれるだろう。寝室に行き、コンドームを見つければ、すぐさま彼女の中に身を沈めることができるのだ。

ミラーは目をそらしてからやっと口を開いた。

「望んでないわけじゃない。本当はそうしたいんだ。ただ……」

マライアが動き、Tシャツを引き下ろして、カウチの端で座り直したのがわかった。

「いいのよ。言い訳する必要なんかないわ」

「急ぎすぎたくないんだ」ミラーは真実を話してしまいたかった。だが、どんな真実を？ きみの親友を口説いて結婚するつもりだから、きみとは愛し合えないとでも言うのか？ ジョン・ミラーとして考えるのはやめろ。ジョナサン・ミルズになりきるんだ。そうすればこの現実も――真実も変わるだろう。しかし、ミラーにとって、別の人間になることがこれほど難しいのは初めてだった。

「きみと友達以上になるなんて考えていなかったんだ、マライア。僕は病院を出たばかりで、最後の検査結果もまだ出ていないし……」彼は声をとぎれさせ、窓の外の水平線上に昇りはじめた太陽を見つめた。ジョナサン・ミルズのことは頭から消えていた。

「朝だ」

マライアが見ている前で、ミラーは立ち上がり、東の空を一面に染めた色を見てぼうぜんとした。

「僕は朝まで眠っていたのか」彼はマライアを振り返った。そして笑った――唇の端をかすかに上げただけだったが、それでも笑いには違いなかった。「驚いたな。いったい何が起きたんだろう?」

マライアもほほ笑んだ。「わたしのささやかなリラックス法が、役に立ったと認めてもらえるかしら」

彼は驚きに頭を振り、マライアを見つめた。マライアはミラーの目に残る情熱に気づき、彼もまた彼女の目に同じものを見ているのがわかった。

マライアには彼が深い仲になろうとしない理由が察せられた。彼は病院を出たばかりだと言っていた。この先どれだけ生きるかさえわからないのだ。

ほかの男の人ならもっと刹那《せつな》的な振る舞いをするでしょうに。でもジョンはわたしを利用するまいとした。わたしが傷つかないように、文字どおり先がないかもしれない関係にわたしを引きずりこまないようにしているのだ。

だがもう手遅れだった。マライアはすでに引きずりこまれていた。

愚かなことだった――本当なら彼とは距離を保ち、これ以上近づかないようにするほうがいい。死ぬかもしれない男と恋に落ちることなどない。彼のシャツを見つけて、ドアから送り出すべきなのだ。

しかし、彼はカウチの横に落ちていたシャツを自分で見つけた。そしてそれをかぶって着た。「帰るよ」

彼は帰りたがっていない。目を見ればわかった。そして彼がさよならのキスに身をかがめたとき――一度だけでなく、二度、三度と、そのたびに長くなるキスをしたとき、マライアは彼が気持ちを変えるだろうと思った。

だがそうはならなかった。ようやくミラーは体を離し、後ろ向きのままドアに向かった。

「もし今夜も食事に来てくれたらうれしいわ」マライアは、自分がその招待ですべてを――何もかもを危険にさらしているのを知りながら、そう言った。

彼の目の中で何かが揺れた。「来られるかどうかわからない」

彼の態度は矛盾だらけだった。それとも、これが当たり前なのだろうか。マライアにはわからなかった――これまで、重い病にかかった人間と親しくなったことはないのだから。

「電話して」マライアはおだやかに言葉をついだ。「もしかけたくなったら」

ミラーは出ていく前に、もう一度マライアを振り返った。「かけたいよ。でもかけていいのかどうかわからないんだ」

セリーナはガラスの引き戸を通り、ダイニングテーブルをすぎてまっすぐキッチンに向かった。そして、テラスの眺めのいい席にいるマライアに聞こえるよう声を張りあげた。

「家にいてくれて助かったわ。わたし、もう喉がからから。家に着くまで我慢したら死んでしまうわ」

「あなたの家はそんなに先じゃないでしょ」選《よ》り分けていた白黒写真の山からマライアが

い側に座った。

目を上げると、セリーナはアイスティーの長いグラスを持って、テラスのテーブルの向か
「五キロよ」セリーナはごくごくとアイスティーを飲んでから言った。「あと百メートルだって我慢できなかったわ」彼女は身を乗り出し、写真を一枚取って、完璧《かんぺき》にマニキュアをした長い指で示した。「これはわたし?」

マライアは目を近づけた。セリーナと最初に出会って以来、マライアは彼女を写真に撮って怒らせないように気をつけていた。というか、写真を撮ったことを気づかれて怒らせないように。実のところ、マライアはこの美しいイギリス女性のすばらしい写真を何枚も撮っていた。それらの写真は注意深く隠してある。

しかし、その写真は明らかにセリーナだった。嵐《あらし》が来る直前のリゾートのビーチをとらえた、特によく撮れている写真の端に、彼女の動く姿が写っている。「あなたがカメラに飛びこんできたのね」マライアは言った。

セリーナはその写真をつまみ上げ、さらに目を近づけた。「だいぶぶれているわね——わたしの顔以外は」彼女は目を上げてマライアを見た。「これの焼き増しはある?」

マライアはその写真が入っていた束をぱらぱらとめくった。「いいえ、ないと思うわ」

「ネガは?　持っているんでしょ?」

マライアはため息をついた。「わからないわ。下の暗室にあるかもしれないけど、たぶ

ん、安全のために〈B&Wフォトラボ〉に持っていった束に入っていると思うわ」

「安全のためですって？」セリーナは信じられないというように声を一オクターブ上げた。「気にさわったらごめんなさい。でもね、マライア、誰もあなたのネガを盗もうなんて思っていないわよ」マライアは笑い出した。「B&Wに持っていったのは保管のためよ。ここにはエアコンがないでしょ。湿気と潮風はフィルムの大敵だもの」

セリーナは写真をバッグに入れた。「わかっているでしょうね。わたしの魂を盗んだ罪であなたは死刑よ」彼女はにっこり笑った。

「あら、あなたのほうがわたしの写真に魂を吹きこんだんじゃない」マライアは抗議した。「とにかく、次にB&Wに行ったときにネガを取ってくるわ。あなたにあげるから、そうすれば魂も新品同様になるわよ」

「約束してくれる？」

「約束するわ」

「ああよかった」セリーナはまたアイスティーを飲んだ。「それで、調子はどう？」

「いいわよ」マライアはいぶかしげに相手を見た。「なぜ？」

「ただ思っただけよ」

「よさそうに見えない？」

セリーナは手のひらに顎をのせ、マライアをじっくり眺めた。「実を言うと、それほどよさそうには見えないわ」

　マライアは黙っていた。

「何か隠していない？」セリーナは言った。「わたしから質問させる気ね？」

　マライアは作業に戻った。「なんの話かしら」

「あの男の人の話よ」

「どの男の人？」

「今朝五時半にここから出てきた人。背が高くて、髪が黒くて、たぶんハンサムね――確かではないけれど。離れすぎていて、細かいところまで見えなかったから」

　マライアはあっけにとられた。「あなた、朝の五時半に何をしていたの？」

「毎朝それくらいに起きて、リゾートホテルのヘルスクラブに行くのよ」セリーナは答えた。

「嘘でしょう。五時半に？　毎朝？」

「だいたいね。今朝は波が低かったから、ビーチを自転車で走ったの。それでこの家の前を通ったとき、テラスのドアから男の人が飛び出してきたのをはっきり見たわ。冷蔵庫の修理屋という感じじゃなかったわよ」

「ええ、違うわ」マライアは写真から目を上げなかった。

「それで……？」

「それでって？」

「ここからが肝心じゃないの。彼は誰だとか、どこで会ったのかとか、それから彼はベッドですてきかとか、いろいろ楽しい話があるでしょう？」

マライアは顔が赤くなるのを感じた。「セリーナ、わたしたちはただの友達よ」

「友達が夜明けまでいるの？　あなたったらずいぶん現代的なのね、マライア」

「彼は昨日食事に来て、カウチで寝ちゃったのよ。ちょっと前に病気をしたの」マライアはためらった。セリーナにジョナサン・ミルズの話はしたいが、あまり多くは話したくない。「名前はジョンというの。とてもいい人よ。リゾートホテルに泊まっているわ」

「それならお金持ちね」セリーナは要点を抜き出した。「そこそこのお金持ちかしら、それともすごいお金持ち？」

「知らないわ。そんなこと、誰が気にするの？」

「わたしよ。さあ考えてみて」

マライアはおおげさなため息をついた。「すごいお金持ちね、たぶん。車のアラームを作る会社を相続したらしいわ」

「病気だったと言ったわね？　重くなければいいけれど」

マライアはまたため息をついた。「実を言うと、重い病気なの。癌《がん》なのよ。化学療法を一通り終えたばかりなんですって。予後はいいみたいだけど、こういうことって保証はないものね」

「名前はなんていったかしら？」

「ジョナサン・ミルズよ」

「マライア、あまり彼に近づかないほうが賢明じゃないかしら。用心しないと、末は未亡人よ。もちろん、そうなればあなたがアラーム会社をもらえるけど。だから、もっとまずいのは——」

「セリーナ！」マライアは友人をにらんだ。「そんなこと考えないで。彼は死んだりしないわ」

ブロンドのセリーナは少しもひるまなかった。「そうなるかもしれないって言ったのはあなたよ」彼女は立ち上がった。「さて、もう行かなくちゃ。お茶をごちそうさま。夜にまた会いましょう」

マライアは眉根を寄せた。「また……夜にって？」

「わたしのパーティーよ。忘れていたの？　まったく、マライアったら、スケジュール帳がないとどうしようもない人ね」

「あら、スケジュール帳がないからリラックスしているのよ。でもパーティーには行けるかどうかわからないわ——またジョンと食事をする予定だから」

本当は予定などなかった。マライアは誘ったのに、彼は逃げたのだから。

「彼も連れてらっしゃい。電話してパーティーに呼ぶのよ。一緒に来ればいいでしょう。あなたのお友達とやらに会ってみたいわ。言い訳はききませんからね」セリーナは言い放って、テラスの階段から消えた。

マライアはセリーナの姿を目で追った。〝電話して、パーティーに呼ぶのよ〟――やってみようか。もしかしたら来てくれるかもしれない。

彼に違いない。リゾートホテルにいる、あの顔色の悪い男。

彼女にはすぐわかった。

あのばかな女と夜をすごすような男なら、いっそう都合がいい。

今夜、誘惑に取りかかろう。

今夜、いつか彼に出すディナーを考えはじめよう。そう、まだ何週間か――何カ月も先の話だ。でも、その日は近づいている。彼女にはわかるのだ。

明日の朝、おあつらえむきのナイフを買いに行こう。

ミラーがランチのあと部屋に戻ってくると、留守番電話のライトが点滅していた。

ダニエルはリビングルームにポータブルの盗聴受信器を置いていた。彼はヘッドホンをつけて聞き入り、セリーナの家のあちこちにしかけた盗聴器のボリュームを、ラップトップのコンピューターで調節している。

「だいぶ動きがあります」ダニエルはそう報告したが、目はコンピューターのスクリーンに向けたままだった。「今夜、蜘蛛《くも》の巣でパーティーを開くらしいですよ」

「なるほど」ミラーは電話を取って、リゾートホテルのフロントにかけた。「ジョナサン・ミルズだが、伝言はあるかい？」

「マライア・ロビンソン様からメッセージが入っております。おつなぎしましょうか？」

「ああ。頼む」

かちっと音がして、マライアの声が聞こえてきた。

「ジョン。わたしよ、マライア。あの、昨日の夜に会ったでしょ。わたしったら、変なしゃべり方。もちろん、わたしのこと、わかるわよね。あの……今晩、友達がパーティーをするから、あなたも呼ぼうと思って……」

「やったぞ」ミラーは言った。

ダニエルが彼のほうを見た。「パーティーに呼ばれたんですか？」

ミラーはうなずき、片手を上げた。まだマライアの伝言が続いていたのだ。

「……九時ごろ始まるわ。その前に二人で食事ができるかと思ったの――もしあなたに予定がなければ。あなたがよければ」マライアが大きく息を吸ったのがわかった。「本当にまた会いたいの。今朝のことを考えると、変だとは思うけど……」そこで声をとぎれさせた。「それじゃ、電話してね」彼女は電話番号を言い、伝言は終わった。

ミラーも心からマライアに会いたかった。本当に会いたかった。

ダニエルがまたちらりとミラーを見た。

「万事順調ですか？」彼は尋ねた。

「ああ」ミラーは夜明けすぎにホテルに戻ったが、ダニエルはそれについて何も言わなかった。眉一つ動かさなかった。

しかし今度はダニエルも咳払《せきばら》いをした。「ジョン、詮索《せんさく》するつもりはないんですが――」

「だったらするな」ミラーはぶっきらぼうに言った。「きみには関係ないが、ゆうべは何もなかったんだ」

しかしミラーにはそれが嘘だとわかっていた。昨夜は何かが起こった。マライア・ロビンソンが彼に触れ、その結果、八時間近くも悪夢は遠ざけられていた。昨夜は何か大きなことが起こったのだ。

本当に久しぶりに、ジョン・ミラーは眠りに落ちたのだから。

マライアはドレスアップの最中だった。ショートパンツとTシャツ、あるいは水着以外の服を最後に着たのはいつだっただろう。セリーナの前のパーティーには普段着で行った。しかし今夜はありったけのドレスを――四着とも全部、クローゼットの奥から出した。そのうち三着はごくありふれた、教会や何かの集まり向けの、小花模様のつつましい襟ぐりのものだ。

四着目は黒だった。短い袖《そで》のついた、体にぴったりした膝上丈のドレスで、ハート形の襟ぐりが人目を引くようになっている――たぶん、ジョナサン・ミルズの目も。

いつもなら男性と出かけるときはフラットな靴にするのだが、ジョナサンは、マライアがハイヒールをはいてもじゅうぶんなほど背があった。

彼が電話で、食事はできないがパーティーには一緒に行くと言ってきたときから、マライアは気もそぞろだった。彼にまた会えると思うと、胸がときめき、午後じゅう、ほかには何も考えられないほどだった。

ジョナサンの病気は治らないかもしれないという不安の暗雲でさえ、今夜の彼女をひるませはしなかった。ジョンは、癌が早期に発見されたと言っていたもの。この種の癌では、生存率が高いとも言った。彼は生き延びるわ。前向きに考えなきゃ。

靴をはき、後ろにさがって鏡に全身を映すと、マライアはまた別の期待がわき上がるのを感じた。

彼女は……セクシーだった。プロポーションもすばらしい。そのサイズがXLなのは確かだが、彼女の身長にはつり合っていた。今回はその体を武器として使うつもりだ。このドレスで、この襟ぐりだと、胸の谷間がいやでも強調される。

ベルが鳴り、マライアは最後にドレスのヒップのしわを伸ばし、鏡に寄って口紅をチェックした。

自分の格好がきわどくなりすぎていませんように、胸の谷間がお化けが襲いかかるみたいに見えませんように……そう祈りながら、マライアは玄関のドアを開けた。

「ハーイ」マライアはどきどきしながら言った。

ミラーの目が彼女の体を下へたどり、それからもう一度たどり、次にもっとゆっくりとたどる。その目がやっと顔に戻ったところで、彼はほほ笑んだ。「驚いた……信じられないよ」

マライアは後ろへさがり、ドアを大きく開いて彼を通した。

「本当に背が高いね」ミラーはハイヒールのせいで二人の目の高さが同じになっているのに気づき、そうつけ加えた。

ほめているのかしら？　マライアはそう思うことにした。「ありがとう」彼女は先に立ってキッチンに入った。「支度はできているけど、その前に見せたいものがあるの」

彼はマライアよりずっとカジュアルな服装だった。色あせたジーンズ。はきこんだ革のボートシューズ。それから、無地のTシャツにはおったスポーツジャケット。

「服がカジュアルすぎたかな」ミラーは言った。

「心配いらないわ。セリーナの友達は知っているけど、フォーマルなドレスを着る人と、水着にタンクトップの人が同じくらいの割合だから」マライアは地下に通じるドアを開いた。

「彼女の名字は何？」彼がきいた。

「ウェストフォードよ」マライアは下へ下りる階段の明かりをつけた。ハイヒールをはいているので、ざらざらした木の段に注意しながら下りる。「来ないの？」

「地下に行くのかい？　暗室があるの？」

「暗室もあるわ。でも、見せたいのは違うものなの」

マライアはまた一つ明かりをつけた。洗濯機と乾燥機が隅にあり、横に洗濯物をたたむテーブルがあった。別の隅は壁でしきって、暗室になっている。

しかしマライアは地下の何もないところに彼を連れていった。そこは壁の一面が全部コンクリートブロックで、下の床には何もなかった。そばには箱が一つだけあり、部屋の真ん中の壊れた椅子に置かれている。

マライアは箱に手を入れ、その日の午後、ガレージセールで格安で買った皿を一枚取り出した。いままで見たなかでも最悪の絵柄がついている。彼女はそれをミラーに渡した。

彼はとまどったように皿を見た。

「今朝あなたを見て、感情を発散させるチャンスを作ってないんだと思ったの」彼女は説明した。

「発散?」

「ええ」マライアは箱からもう一枚皿を出した。「こんなふうに」ありったけの力をこめて、彼女はその皿を壁に叩《たた》きつけた。皿はよく響く小気味のいい音をたてて、粉々に砕けた。

ミラーは笑い声をあげたが、不意にその声を止めた。「冗談なんだろう?」

「いいえ」マライアは彼が手に持っている皿を指した。「やってみて」

彼は躊躇《ちゅうちょ》した。「これ、誰かの皿じゃないのかい?」

「違うわ。よく見てみて、ジョン。こんな食欲をなくすお皿で食事をしたことある? これはあなたに、壊してくれ、こんなみじめな姿から解放してくれ、って頼んでるのよ」

彼は手の中の皿を眺めた。

「さあ早く。気分が、すっとするわよ」マライアは箱からもう一枚皿を取り、壁に叩きつけた。「ああ、気持ちいい!」

ミラーはいきなり振り返って、フリスビーのように皿を投げた。皿は壁に当たって割れた。

マライアはまた彼に皿を渡した。「気持ちいいでしょ?」

「ああ」

彼女はまた自分で皿を取った。「これはわたしの父への思い。わたしがほぼ七年間、週に八十時間働きたいかどうか尋ねてもくれなかったうえ、愛してるわって言う前に死んじゃうなんて」皿は壁に当たって飛び散った。

ミラーも自分の皿を投げ、彼女が渡すより早く箱からまた皿を取った。

「これはジョンソン夫妻にFFFの住宅ローンを許可しなかった銀行頭取への分。教会の司祭が署名を申し出てくれたのに、妻がアルコール依存症の治療中で、夫に前科があるってことだけで許可しなかったの。いまは二人ともちゃんとした仕事についているのに」

二枚の皿は同時に壁に当たった。

「あと一枚分の時間しかないわ」マライアは言い、その晩最後の皿を投げようと、大きく息をした。「誰への分にする、ジョン？　言ってみて」

ミラーは首を振った。「言えないよ」

「言えるわ。簡単なことよ」

「いや」彼は力なく持った皿に目を落とした。「話がややこしくなりすぎる」

「嘘でしょ？　こうすれば話は簡単になるのよ。誰かの顔のかわりにお皿を壊すの」

「そう簡単にいくとは限らないさ」ミラーは説明する言葉をさがそうとするように、マライアの目をのぞきこんだ。だが彼はあきらめ、首を振った。それから、いきなり鋭い声で言った。「これは僕への分だ」

あまりに強く皿を叩きつけたせいで、陶器の破片がはね返ってきた。彼はぱっと飛び出し、マライアをかばった。

「すごい！」マライアは言った。彼の言葉の意味はわからなかったが、とにかく彼は本気でやったのだ。

「すまない」

「いいえ、あれでよかったのよ。とってもよかったわ」

ミラーの髪に細かいかけらがついていたので、マライアは彼に近寄ってそれを取った。彼はうっとりするような香りがした。どこかエキゾチックなコロンと、コーヒーのような香り。

「もう行かないと」彼はつぶやいたが、体を引きはしなかった。マライアも同じだった。かけらを取ったあとも。

マライアが見つめていると、ミラーのまなざしは彼女の唇に走り、それから彼女の目に戻った。彼はごくかすかに首を振った。「きみにキスしちゃいけないんだ」

「どうして？」彼はひげを剃《そ》っていた。頬はなめらかでやわらかそうだ。マライアは彼の顔に触れたい気持ちを抑えきれなかった。彼女が触れると、ミラーは目を閉じた。

「やめられなくなるから」彼は低い声で言った。

マライアは体を近づけて、唇を触れ合わせた。ハイヒールのおかげで、爪先立ちになる必要はない。もう一度彼にキスをした。さっきのように、そっと、やさしく。彼はぐくもった声をあげ、マライアを抱きしめて唇を重ねた。

ミラーがむさぼるようにキスをすると、マライアは目を閉じた。ミラーの舌がためらうことなく彼女の唇を求め、彼の手もまた、自分のものに触れるような無遠慮さで彼女の体に触れた。

しかし、ミラーは衝動に負けて唇を重ねたときと同じ唐突さで体を離し、腕を伸ばして彼女をとどめた。

「きみは危険な人だ」彼はなかば笑い、なかばうなるような声を出した。「僕は何をするつもりだったんだろう?」

マライアはほほ笑んだ。

「いや」ミラーはさらに後ろへさがった。「答えないでくれ」

「何も言ってないわ」

「言う必要もないよ。その妖《あや》しいほほ笑みでじゅうぶんだ」

マライアは階段を上がりはじめた。「妖しいほほ笑みですって? ただ普通に笑っただけよ」

階段の上まで行ったとき、彼が後ろにいないことに気づいた。

「ジョン?」マライアは呼んでみた。

地下から皿の砕ける音が聞こえた。

「気が晴れた？」彼が階段を上がってくると、マライアはほほ笑んできいた。

彼は首を振った。「いや」その表情は陰鬱《いんうつ》で、目はひどく暗く、顔には笑いのかけらさえなかった。「マライア……本当にすまない」

「何が？　あなたが深い関係になるのに時間をかけたがっていること？　命にかかわる病気と闘っていること？　それがあんまり不公平で、あなたが心底怒っていること？　そんなことですまなく思わないで」マライアは彼を見つめた。「パーティーには行かなくてもいいのよ。このままここにいて、もっとお皿を壊してもいいわ」彼女は言葉を切った。「でなければ、話をしてもいいし」

ミラーは笑おうとしたが、目に浮かんだ悲しみを消し去ることはできなかった。「いや、行こう。用意はできているから」彼は深く息をした。「これから先のこともね」

5

セリーナ・ウェストフォード。彼女は小柄で、ブロンドの髪と緑の目、それにミラーの両手にすっぽり入りそうなウエストの持ち主だった。爪には完璧《かんぺき》なマニキュアをほどこし、髪型は若々しく整えられている。体は細くしなやかで、身に着けた黒い細身のドレスがそのほっそりしたカーブを包み、平らなおなかや張りのあるお尻を最高に引き立てていた。

セリーナは美しく、たいていの男はその体に恋い焦がれるはずだ。だが、ミラーはたいていの男より多くのことを知っていた。

それに、彼女がおぞましい連続殺人事件で浮かんだ唯一の容疑者でなくとも、ミラーは通りいっぺんの目を向けただけだろう。

しかしセリーナは容疑者だ。ミラーはマライア以外の誰も見たくなかったが、セリーナの猫のような緑色の目に笑いかけた。彼がこのゲームに加わったのは、目の前の女に笑いかける以上のことをするためだった。彼女を妻にするためなのだ。死が――あるいは殺人未遂が――二人を分かつまで。

もちろん、この計画にはセリーナのかかわりが必要だ。

マライアが僕の曲げた肘に手をかけて、わたしのものだと言わんばかりにしているのだから、セリーナが手を出してこないこともありうる。ミラーは過去の経験から、殺人者も自分なりのモラルを持っていることを知っていた。夫の心臓に短剣を突き立てるのはためらわなくても、女友達の恋人に手を出すのは、彼女のモラルに反するかもしれない。

しかしセリーナはミラーにほほ笑み返し、マライアが二人を紹介するあいだ、ほんの少しだけ長く彼の手を握っていた。ミラーはセリーナの目を見たとたん、相手がなんのモラルも持ち合わせていないことを悟った。彼女はその気になれば、ほしいものは必ず手に入れるだろう――そしてミラーの見たところ、彼女はその気になっていた。マライアのことなど気にもしていない。

「見て」ブロンドのセリーナはそう言って、マライアに目を戻した。「わたしたち、今夜は同じような格好ね。双子みたいだわ」そう言ってほんの一瞬ミラーの目を見つめた。

ミラーは彼女が二人の体格の違いをじゅうぶん承知しているのに気づいた。どうにか共犯めいた笑みを返したが、ミラーにはわかっていた。マライアがこのやりとりをじっと見ていることが。そして、それを親しみと解釈したことも。

あとになれば、マライアはこのことを思い返し、ミラーが最初から自分の友人と恋のかけひきをしていたのだと気づくだろう。

「バーで何かお飲みになって」セリーナは二人に場所を教えた。「それに、今夜は料理人が最高の蟹《かに》のパイを作ったのよ。ぜひ召し上がってね」

ほかのお客たちにあいさつをしに立ち去るとき、セリーナはマライアの目を盗んでミラーにキスを投げた。

「大丈夫？」マライアがやさしく彼の腕をつかんだ。「顔色が悪いわ」

彼はマライアの目を見つめ、無理に笑みを浮かべた。「大丈夫さ」

「座っていて。わたしが飲み物を取ってくるから」

「そんなことといいんだよ」彼はマライアに離れてほしくなかった。

「気にしないで」マライアは答えた。「何が飲みたい？」

「ただのソーダを」

「すぐ戻るわ」

ミラーは彼女の後ろ姿を見つめずにいられなかった。しかし、マライアが戻るころには、彼自身が互いの気どらない親しさを壊しはじめていることもわかっていた。

テラスの端に沿って椅子が並んでいたが、彼は座らなかった。そこに座ったら、広いテラスの向こう端に立っているセリーナ・ウェストフォードが見えなくなる。彼はもっと座り心地のよさそうなラウンジチェアのほうへ行った。そこからならセリーナがよく見える。

セリーナも彼を見つめていた。ミラーはそろそろと椅子にかけながら、自分に向けられた視線を感じていた。目の端に、彼女が話し相手の男のほうへ顔を寄せたのが見える。その男はバーを振り返ってうなずいた。男が歩き去り、ミラーはセリーナが近づいてくるのを目よりも感覚で感じとった。

偽装工作の中身が、コンピューター画面にスクロールする文字のように、ミラーの頭の中にまたたいた――僕はジョナサン・ミルズ。ハーバード大に入学し、ニューヨーク大学の経営学修士号取得。車のアラーム製造……ホジキン病……化学療法……。

マライアのことは忘れろ。結局のところ、僕みたいな男から離れたほうが彼女のためだ。僕は〝ロボット〟なんだから。あんなにやさしくて生き生きした女性が、心がないなんて言われる男を求めるはずがないだろう？

「ご気分はいかが？」

セリーナの落ち着いたイギリス風アクセントの声がミラーの思考をさえぎった。目を上げると、セリーナが隣の椅子にかけるところだった。

「ご病気だったとマライアからうかがいましたわ」彼女の目は好奇心で光っている。

ミラーはうなずいた。「ええ。そのとおりです」

テラスの向こうでは、マライアが両手に冷たい飲み物の入った長いグラスを持ったまま、さっきセリーナと話していた男につかまっていた。マライアはミラーのほうを見たが、彼は目が合う前に視線をそらした。

「お気の毒ね」セリーナが低くつぶやいた。

「マライアはあなたのことを何も話してくれませんでしたよ」ミラーはそう言ったが、セリーナの身の上話がすべて嘘《うそ》なのはわかっていた。

いままでなら、こうした偽りのゲームはミラーをふるい立たせ、やる気を与えてくれた。女は男に嘘を言い、男も女に嘘を言う。そうしてゲームは果てしなく続いていき、やがてどちらかが過ちを犯す。それはミラーではなかった――これまでは、ただの一度も。

だが今夜はゲームをしたくなかった。彼は時計を巻き戻し、これから百年間ずっと、今日の夜明けをすごしていたかった。マライアを抱き、唇に重なる彼女のキスを味わいながら。

「マライアは、わたしたちを会わせたくなかったようですわね」

それはつまり、僕がセリーナに会えば、すぐマライアを捨てるに決まっているという意味で――セリーナの考えでは、それが当然だというのだろう。

ミラーはセリーナのほうへ身を乗り出しながら、ゲッセマネの園でキリストを裏切るユダのような気持ちになった。「彼女のことはよく知らないんです――そんなには。何日か前に知り合ったばかりで、それに、今夜は一緒に来ましたけど、僕らはただの友達なんですよ。彼女はとてもいい人ですが……」

つまり、彼はまだ心を決めていないということだ。

「教えてくれませんか」ミラーは言った。「なぜあなたのような方が、一人でガーデン島にいらっしゃるんです？」

すなわち彼にとってセリーナは、小柄な引きしまった体と、輝くブロンドと妖《あや》しい笑みを持った、ひどく興味をそそる魅力的な女性という意味だ。セリーナが微笑し、ゲームは次のラウンドに入った。

マライアは巨人になったような気がした。セリーナと並んで立つと、ドレスやハイヒールを身に着けているのに、自分が天を突くフットボールのラインバッカーのように思えてくる。繊細で女らしいと思われたくて、精いっぱいおしゃれをしたのに、まったく無駄に終わったような気持ちだった。

ジョナサンとセリーナはアカプルコの話に熱中している。マライアはアカプルコに行ったことなどない。そんな時間はなかった。ほんの数カ月前までは、オフィス以外どこへも行かず、たまに会議でハバス湖かフラッグスタッフへ行くぐらいだったのだから。

今夜の展開は、マライアの期待とはまるで違うものになっていた。ばかなわたし。ジョナサンがセリーナを見たとたん心を奪われるとは、考えもしなかったなんて……。彼がセリーナに熱を上げているのは明らかだ。ジョナサンは片ときも目を離さず、ブロンドのセリーナを見つめていた。二、三度マライアと二人きりになったときも、彼の話はセリーナのことばかりだった。セリーナの髪、セリーナの家、セリーナの靴……。セリーナの足は小さくて女らしい。むろん、ジョナサンはサイズのことなど言わなかったが、セリーナの足は小さくて女らしい。マライアは小学校三年生のとき以来、あんなサイズの靴ははいたことがない。

わたしがジョンから受けとったと思っていたシグナルは、全部間違っていたんだわ。あのキスも。最初にキスをしたのは彼だったかしら？　それともわたし？　マライアは思い出せなかった。今朝カウチで、初めに行動に出たのは自分だったような気もする。地下で誘いかけたのは確かにマライアだった。

でもキスをするたび、彼は友達でいようとはっきり言っていた。

わたしはそれを聞いていた？　いいえ、聞いていなかったわ。しかしいまのマライアは、その言葉に耳を傾けていた。できることはそれだけだった――目の前の会話に自分の出番はない。アカプルコ、アスペンでのスキー……ジョナサンとセリーナにはたくさんの共通点があった。たくさんの話題も。

セリーナもジョナサンと同じように彼が気に入ったようだ。マライアには、死ぬかもしれない男とかかわり合うのはよせと言っておいて、自分は何がなんでもジョナサンを我がものにするつもりらしい。

たいした友達だわ。

もちろんセリーナには、ジョナサンとはただの友達だと言った。しかし、たとえわたしが彼を愛しはじめたと打ち明けていても、セリーナが気にしたとは思えない。

マライアが小さな声で席をはずす言い訳をして、ふたたびバーに向かったときも、ジョナサンとセリーナは顔も上げなかった。

何もかも――自分自身にもうんざりして、マライアは空のグラスをカウンターに置き、バーテンダーにおかわりはいかがですかときかれても首を振った。もう負けを認めて退却する潮時だわ。

バーテンダーはペンは持っていたが、紙を持っていなかったので、マライアはすばやくナプキンに書きつけた。〈疲れたし、明日の朝は早く起きなくてはならないの。もう帰ります。あなたに送る心配をさせたくなかったの。このあとも楽しんでね。マライア〉

ナプキンを二つに折り、一、二分したらジョナサンに渡してくれるよう、バーテンダーに頼んだ。

顎を上げ、マライアは無言で歩き出した。そして靴を脱ぎ、ビーチへの階段をはだしで下りた。ジョナサン・ミルズはわたしが思っていたような男性じゃなかったんだわ。もっと中身のある人かと思ったのに。もっと深みのある、豊かな心の人だと……。

彼はわたしに恋していると思ったのに、ただの気安い親しさだったのね。

マライアはビーチを歩き、家へ向かった。決して振り向くまいとして。

「ジョン」ホテルの部屋のドアを開き、ミラーが立っているのを見ると、ダニエル・タナカの目にかすかな驚きが走った。「何かあったんですか？」

ミラーは首を振った。僕は何をしに来たんだろう？

「いや。僕は……」ミラーはまだ短すぎる髪をかき上げた。「まだ明かりがついているのが見えたので……眠れなくてね」白状し、肩をすくめる。「何か変わったことは？」

変わったのは、ミラーが眠れないと認めたことだ。しかしダニエルはそうは言わなかった。彼はうなずいただけで、ドアを大きく開けた。「どうぞ」

その部屋はミラーの部屋よりも小さかったが、同じスタイルの家具や、同じ模様のカーテン、同じ色の敷物が備えつけられていた。なのに、まるで別の惑星のようになじみがなくよそよそしい。

ミラーは以前、トニーの部屋へノックもせずに入り、冷蔵庫からビールを出したことを思い出した。二人は夜の捜査中にかわした言葉をすべて拾い出し、徹底的に分析したものだった。言外の意味や微妙な手がかりはないか、と。話したこと、あるいは話さなかったことから偽装工作が見破られなかったかどうか、と。

「何か飲みますか？」ダニエルが礼儀正しくきいた。「ビールでも？」

「きみも飲むのか？」

ダニエルは首を振った。「僕は飲まないんです。ご存知かと思ってました」

ミラーはじっとダニエルを見た。「僕といるときに飲まないようにしているのは知っていたよ。一緒でないときも飲まないかどうかは考えなかった」

「僕は飲まないんです」ダニエルは繰り返した。

「邪魔して悪かった。もう遅いし――」

「容疑者に、あまりあからさまに近づかないよう注意してください」ダニエルが言った。

ミラーは目をぱちくりさせた。「なんだって？」

ダニエルの唇はかすかに面白がっているようなカーブを描いた。「なぜここにいらしたか、わかっていますよ。セリーナ・ウェストフォードにどのくらい気に入られたと思うか、僕の意見をきくためでしょう？」

ミラーは来たことを後悔し、ドアに向かった。「僕が来る前にしていたことを続けてくれ」

「ジョン」ダニエルが呼びかけた。「座ってください。ソーダでもどうぞ」彼はセルフサービスの冷蔵庫を開け、中をのぞきこんだ。「カフェインの入っていないものをどうです？」

ミラーはいつのまにか花模様のカウチの端に腰を下ろしていた。ダニエルがコーヒーテーブルに二本のライムソーダを置く。

ダニエルはミラーの向かい側にかけ、ソーダ缶の片方を開けた。「お二人の話はだいたい聞いていました」彼はそう言った。「うまくいっていると思います。セリーナはあなたが帰ったあとも、ずっとあなたの話をしていました。いろいろな人にあなたを知っているかと尋ねて。興味を持ったのは確かです。でも、あなたのことはマライアの友人だと言いつづけていましたよ、ジョン。あなたが誰であるか説明するだけなら、あんな言い方はしません。どうやら彼女は、友達からあなたを奪うのを楽しむつもりのようです」

ミラーはまじまじとパートナーを見つめた。ダニエルがこんなに話すのは初めてだった。彼ははっきり頼まれないかぎり、自分の意見は言わないのだ。

「ああ、僕もそう思ったよ」

「どうするつもりですか?」ダニエルは尋ねた。

「きみはどうすればいいと思う?」

ダニエルがすでにそれを考えていたのは確かだった。「絶対に効き目があるのは、あなたがその友達にまた会うことです。セリーナのゲームに合わせるんですよ。そう簡単には虜《とりこ》にならないふりをして、彼女の関心をあおるんです」そう言って手の中のソーダ缶に目を落とし、初めて見るかのようにそのあざやかなラベルを見つめた。「でも、これにはほかのことを計算に入れていません」

ほかのこと。「たとえば?」

ダニエルは顔を上げて、まっすぐミラーの目を見た。「たとえば、あなたがもう一人の女性にとても好意を寄せていることです。マライア、マリー……彼女がどう名乗っていてもいいですが」

ミラーは否定できなかった。しかし話を少しそらすことはできた。「マライアは明日の朝、僕をＦＦＦの建築現場へ連れていってくれるそうだ」

もちろんそれは、彼がセリーナのパーティーで彼女をほったらかしにする前の話だが。

ダニエルはうなずいた。「どうするんです？」

「わからない」

ミラーはこのたぐいの判断に迷ったことはなかった。事件の核心に迫るためにできることがあれば、必ずやった。しかしいま彼は他人の感情を傷つけることを恐れ、迷っていた。目を閉じるとマライアの姿が浮かんだ。一人でパーティーから帰るほど傷ついていながら、帰ることをメモで伝えてくれたやさしさ。ミラーはマライアが高く頭を上げてビーチへの階段を下りるところを思い浮かべた。

彼もあのあとすぐにパーティーを引きあげ、マライアを追って、彼女が無事に家に着くのを確かめた。ライトを消して道路に停《と》めた車に座り、マライアが家の中を動く姿をブラインドのすきまごしに見つめた。彼女は歩きながらあのすばらしいドレスの背中のファスナーを下ろし、寝室に通じる廊下に消えた。

そしてすぐにまた姿を見せたが、前の夜に寝るとき着ていたのと同じような、だぼだぼのTシャツを身に着けていた。そして彼女が本を手にカウチに丸くなったところで、ミラーは車を出した。それ以上長くいたら、車から飛び出してコテージのドアを叩《たた》き、入れてもらえるまで謝ってしまいそうな気がしたのだ。いったん中に入れば、最後には必ずベッドをともにしていただろう。

そうなったら、マライアを心の底から傷つけてしまう――彼女と愛し合っておきながら、彼女の友達と結婚するつもりなのだから。

だからミラーは、絶対にマライアと愛し合うまいと決めた。

明日は六時に図書館の前に行くつもりだ。マライアとまた顔を合わせるのだ。もう一度彼女に会いたかった――ただし人のいるところで。親しくなりすぎる危険のない場所で。マライアには友人以上にならないことをわかってもらい、そのいっぽうで、セリーナにはその反対のことを信じさせる。そうすれば、セリーナはマライアから僕を盗むことができ、マライアは傷つかなくてすむ。

ミラーは立ち上がった。「このまま続けよう。僕は明日は一日じゅういないことになるよ」

ダニエルも立ち上がった。「僕のほうはセリーナを見張ります」

出ていきかけたミラーを、ダニエルの静かな声が引きとめた。

「ジョン、捜査の方法を変えてもいいんですよ」

偽装工作はすべてでき上がっていた。そして自分はここで、持ち場についている。捜査を進めたくない理由はすべて、まったく個人的なことだ。個人的な理由で捜査をはずれたことなど一度もないし、いまさらそうするつもりもない。

「この犯人をとらえるのに、これ以上うまい方法、あるいはこれ以上速い方法はない」ミラーは感情のない声でダニエルに言った。「捜査を成功させて、彼女がまた誰かに危害を加える前につかまえるんだ」

6

マライアが角を曲がるとすぐに彼の姿が見えた。ジョナサン・ミルズは図書館の階段に背中を丸めて座り、コーヒーをちびちびと飲んでいた。

まさか待っているとは思わなかった——昨夜のことがあったあとで。あんなにセリーナに熱を上げていたあとで。

しかし、彼がマライア以外の人間を待っているはずはない。

マライアは一瞬、通りすぎてしまおうかと思った。止まらずに、ドラッグストアか郵便局のあたりでバンに合図すればいい。自転車は、どこに置こう？　図書館の正面にあるラックが、街では唯一の自転車置き場なのだ。

知らん顔をしつづければ、彼は帰るかもしれないわ。

しかし、そんなことをしても仕方がない。マライアはブレーキをかけて止まり、彼に小さくうなずいた。

ジョナサンは全身の骨が痛むかのように立ち上がった。彼も昨夜はあまり眠れなかったようだ。

「ここできみに会う支度をしているとき気がついたんだけれど、僕は工具ベルトを持ってないんだよ」彼はそう言った。

マライアのベルトはバックパックに入れてある。そのせいでパックが重かった。彼女はパックを肩から下ろして歩道に置き、自転車をラックに入れた。どう答えればいいのだろう。彼は本気なのかしら？

本当にわたしと一日じゅう一緒にいるつもりなの？　昨夜のことを思うと、恥ずかしさでいまでも頬が赤くなる。それに、その前の晩のことも。

ジョナサンと一日じゅう一緒にいるなど最悪だ。それなのに、帰ってという一言が言えない。

「ゆうべはまた眠れなくて」ミラーは話し出した。「それでベッドに横になって、ラジオを聴いていたんだ。本土のカレッジステーションに合わせたら……二人の女性がギターに合わせて歌ってたんだが、それがとてもよくてね。ベッドから出て釘《くぎ》とハンマーを持とう、とかいう歌さ。それでずっときみを思い出していた。まるできみのことを歌にしたみたいだったよ」

マライアは振り向き、やっと彼に目を向けた。彼が言った曲は知っていた。それはすばらしい、深みのある歌で、決してうわついたものではなかった。

「彼女たちはインディゴ・ガールズっていうのよ」

「そういう名前なのかい？　いい曲だったよ。とてもよかった。ああいう音楽は聴いたことがなかったんだ……つまり、以前は」

癌《がん》と診断される以前ということだろう。癌――だからマライアは彼に帰ってほしいと言えないのだ。いま、彼は残された最後の日々を生きているのかもしれない。どうして彼がしたいようにするのを止められるだろう？

「マライア、ゆうべは本当にすまなかった。きみをほったらかしにしているのに気づかなかったんだ。それにきみが帰ってしまって――」

「わたしが期待しすぎたのよ」彼女は認めた。「あなたのせいじゃないわ」

「僕は本当にきみの友達になりたいんだ」彼は静かに言った。

マライアは首をめぐらせて彼のほうを見た。彼は前にも友達になりたいとはっきり言ったわ。わたしが本気にしなかっただけのことだ。彼を責めることはできない。

「今日はきみと一緒に行かせてくれないか」

FFFのバンが来るのが見え、マライアはバックパックを肩にかけた。

「わかったわ」マライアはそう答えながら、つくづく自分はお人好《ひとよ》しだと思った。彼は友達でいたがっている。それでわたしは、彼が友達でいたがっているから一日じゅう一緒にいてあげるつもりなのだ。一緒にいると、一分ごとにますます彼を好きになるのに。自分のものにしたくなるのに――ただの友達なんかじゃなくて。

本当にばかみたい。これがほかの男性だったら断っているわ。けれど、悲しげなほほ笑みや、はっとするほど青い目や、命にかかわる病を持ったジョナサン・ミルズとなると話は違う。あとで後悔するのはわかっていても。

ミラーはリズムをつかみはじめた。釘を取り、軽く叩《たた》き、それから強く打ちこむ。これまでハンマーを握る仕事はあまりしたことがなかった。だが、ハンマーは彼の手にすっとなじんだ。銃と同じくらいに。

マライアは彼に目を向け、スウェットバンドをつけているのに滝のように顔を流れ落ちる汗を拭《ふ》いた。

「疲れない？」

「大丈夫だよ」

着いたばかりのときは、マライアは彼を病人のように日陰に座らせた。まさにミラーがなりすましている病人にふさわしく。

だが彼は座って見ているだけでは我慢できなくなった。弱った病人という偽装はあやうくなるが、ハンマーを借りてマライアと並んで働き出した。

二人は小さな家の内側に入って石膏《せっこう》ボードをはめていき、すでに枠組みもできて電気の配線もされた部分を実際の部屋らしくしていった。リビングは仕上げ段階で、経験豊かなボランティア建設作業のメンバーたちが、電線や明かりのスイッチのための穴を開けていく。二人は廊下から作業を進め、二つあるうち広いほうの寝室へ来ていた。家はだんだん本物らしくなりはじめていた。

家の持ち主となる、背の高いトーマスときゃしゃで気の強そうなルネは、休憩のたびに、驚きに目を丸くした小学生のように手をつないで部屋から部屋へ歩いていた。

「なんてすばらしいんだ」トーマスは目に涙を浮かべて繰り返した。自分の家など持ったこともないし、持てるとも思わなかったと言い、彼はミラーに両腕をまわして心から感謝をこめて抱きしめさえした。

ミラーにはマライアがこの仕事を好きな理由がわかった。彼女が涙を浮かべているところも何度か見かけた。それに、作業をしている者は皆、喜びの涙を抑えていないときには、歌を歌っていた。ラジオのダイヤルはそのときそばに誰がいるかによって次々と替わり、全員ではやりのポップスから賛美歌までなんでも歌った。ビートルズがかかったときは、ミラーまで一度か二度、思わず一緒に歌っていた。

しかし太陽が高く昇るにつれ、小さな家の中の温度はぐんぐん上がりはじめた。ミラーはとっくにシャツを脱いでいた。ジーンズではなく、ショートパンツをはいてくればよかった。たぶん三十二度近くあるだろう。しかも温度計はまだ上昇しつづけている。マライアはハンマーを置き、Tシャツを脱いだ。いつかのとは別のスポーツ用ブラトップを着けていて――今日はトレーナー地でグレーのものだ。彼女は顔を拭《ぬぐ》ったシャツを、工具ベルトに引っかけた。

ミラーは彼女を見るまいとしたが、それはひどく難しかった。そして新しい釘を壁に打ちこもうとして、あやうく親指を叩きそうになった。

「レモネード休憩よ」ルネがほがらかに言いながら、細長いカップを二つ持って入ってきた。

マライアはハンマーを置いてプラスチックのカップの片方を取り、ミラーも同時にもう片方を取った。彼はお礼のしるしにルネにうなずいてみせ、それからマライアと並んでほこりだらけの合板の床に座った。マライアはカップの半分を一気に飲みほした。

「ああ」彼女はあえぐようにつぶやき、肩で息をした。「ホースで水をかけてほしいくらいよ。まだ暑くなるのかしら？」

「うん」

マライアは笑い出した。「そんなこと言わないで」彼女は取りつけたばかりの石膏ボードに頭をもたれさせ、ひんやりした壁面に首をつけて目を閉じた。

ミラーはマライアを見つめた。彼女が目を閉じているあいだは、思うぞんぶん見ていられる。

マライアのまつげはとても長かった。そのまつげが、日に焼けた肌にかかっている。鼻にはそばかすが散っていた。肩にも、胸にもそばかすがある。ふと顔を上げると、マライアが目を開けていた。

僕が見とれていたのに気づいたに違いない。しまった。

しかしマライアは離れようとはしなかった。彼を責めもしなかった。

「トーマスとルネは早く越してきたくてたまらないのよ」

ミラーは彼女がなんの話をしているのか、すぐにはわからなかった。

「ここは本当にすてきな家だわ」マライアは続けた。「人気のあるタイプなのよ。わたし、これに似たのを、少なくとも七軒は手伝ったわ」

ミラーはうなずいた。「子どものころ、ちょうどこんな間取りの家に住んでいたよ」

マライアは胸に膝を引き寄せ、興味に目を輝かせた。「本当?」

「ああ、ここを歩きまわっていると、妙な感じがしたよ」彼は廊下を指した。「あそこが僕の寝室、隣がバスルーム。こっちは母の部屋だった」

マライアは彼を見つめ、話の続きを待っている。ミラーはまたしても自分が余計なことを話しているのに気づいたが、マライアの目はとてもあたたかかった。ずっとそんなふうに見ていてほしかった。

それに、ミラーはこのままでもうまくいく方法を思いついていた——彼自身の生い立ちと、ジョナサン・ミルズの作り話を、まぜ合わせればいいのだ。つまり、ミルズにミラーと同じ過去を持たせるのだ。ただしミルズのほうは、十一歳で母親と死に別れたあと、里親に引きとられることはなかったが。

「いまでもキッチンのにおいをおぼえているよ」ミラーはマライアに言った。「ジンジャーにシナモン。母はお菓子を焼くのが好きだった。それに読書も好きでね。そっち側の壁は全部本棚で、本がぎっしりつまっていたよ。いろいろな本があった。母はいい本ならなんでも読んでいたんだ」彼はマライアに笑いかけた。「きみとちょっと似ているな」

そう言いながら、ミラーはその言葉が正しいことに思い当たった。外見から言えば、マライアは母とまったく違う。母は普通の背丈で、柳のように細かった。だが二人の笑顔は同じようにあたたかく輝き、無条件に相手を受け入れてしまう。

「いつ亡くなられたの?」マライアが静かな声で尋ねた。

「僕が十一歳になる二、三日前だ」

「お気の毒に」

「ああ、悲しかったよ」

「お母様のことは話すのに、お父様のことは何も話さないのね」マライアはそっと言った。

ミラーの本当の父親はベトナムで死んだ。父親は医者で、爆撃された海軍兵舎から撤退中に死んだのだ。

ミラーは肩をすくめた。「あまり話すことはないんだよ。父と母は離婚したんだ」彼は偽装上の話を始めた。「母が死んだあと、僕は父に引きとられた」そこで座り直し、話題を変えようとした。「いつも僕の話ばかりだね。きみのほうは何も話してくれていないよ」

「わたしの人生なんて、ほんとにつまらないもの」

「このあいだの晩に食事をしたとき、以前、結婚していたと言っていたけど、詳しいことは話さなかっただろう」

「相手はトレヴァーという人よ」マライアは言った。「大学を出てすぐ結婚したわ。別れたのは、お互い仕事のスケジュールが合わなかったから。嘘《うそ》みたいでしょ。彼は子どもがほしかったのに、わたしは七年後まで都合がつきそうもなかった。それで彼は出ていったの」

ミラーは黙ったまま、話の続きを待った。

「彼は別れて半年後に再婚したわ。一年くらい前、ダウンタウンでばったり会ったの。子どもが二人一緒だった」

マライアは少しのあいだ黙りこんだ。

「トレヴァーとその子たちを見たとき、わたしは自分が落ちこむんじゃないかと思ったわ——だってそうでしょ、わたしたちだってそういう生活を手にしていたかもしれないんですもの。あの子たちはわたしの子で、トレヴァーはまだわたしの夫だったかも……」

「でも……？」ミラーは先を促した。

「でも、実際はほっとしたの。それに、あらためて気がついたのよ。トレヴァーと結婚したのは、彼と結婚しない理由がなかったからだけだって。彼のことは好きだったけれど、心の底から愛していたわけではなかったわ。キスしてもらえなければ死んでしまいそうな気がすることもなかったし……」

マライアの声はとぎれた。いつしかミラーは、手にした空のカップに目を落としている彼女を見つめ、その顔を心に刻みつけていた。

「もしまた誰かと深くかかわり合うとしたら、きっとその人なしでは生きていけないような相手に出会ったときね。自分ではどうにもならない情熱を感じたいの」

自分ではどうにもならない情熱――そんな情熱は戦争を呼び起こし、国を破壊するものだ。そんな情熱のために、ミラーのような冷徹なエキスパートでさえ、思いどおりに任務を遂行できずにいる。そんな情熱ゆえに、ミラーは自分に課したすべてのルールや束縛を打ち破り、目の前の女性を抱いて唇を重ねたいと思っているのだ。

マライアは無言のまま、物思いに沈んでいた。

ミラーは彼女を見るまいとした。見るまいとはしたが、だめだった。

「マライア！」トーマスとルネの幼い娘たちの一人が部屋に飛びこんできた。「ジェーン・アンが、裏庭の大きな古い木のすごく上にのぼって、下りられなくなっちゃった！」

女の子は泣き叫んだ。「パパは自分じゃ体が大きすぎるって。パパが乗ったら、あんな上の枝は折れちゃうって。ママは高いところはだめなの。早くしないと落ちちゃうって、ジェーンが泣いてる！」

マライアはぱっと立ち上がり、走り出した。ミラーもすぐあとを追った。

あたり四分の一エーカーに影を落としているその巨木の下には、すでに人だかりができていた。のぼるにはうってつけの木だ。太く密集した枝が、子どもでも届く高さに大きく伸びている。だが上にいくにつれて枝は細くなっていた。そしてはるか上の、ジェーンがパトカーのサイレンのように泣き叫んでいるあたりは、ほとんどてっぺんに近く、枝はかなり細く見えた。

マライアはすぐに行動を起こし、するするとたくみにのぼっていった。しかし彼女も決して軽くはない。高いところは平気だし、のぼるのもうまかったが、ことは慎重を要した。

ミラーはどうすればいいのか迷った——マライアについて木にのぼるべきか、それとも、万一彼女かジェーンが落ちたときに受け止められるよう、地上で待っているべきか。彼はジェーンの父親のほうを向いた。

「トーマス、家の前に防水シートみたいなものがあっただろう？　分厚いビニールの……たしか青いやつで……屋根を防水しないうちに雨が降ったら使うものが」

トーマスは話の意味がわからないようだった。

「あれをみんなで強く張っていれば、転落しても怪我《けが》を食い止められる」ミラーは説明した。「娘さんが落ちても受け止められるぞ」

トーマスは急いでティーンエイジの息子二人に命令し、彼らはすぐさま防水シートを取りに走った。ミラーは木を見上げた。マライアはさっきよりもゆっくり、慎重にのぼっていた。彼女がジェーンに話しかけているなだめるような抑揚の声が聞こえたが、言葉まではわからなかった。だが、やがてジェーンが静かになったところからみて、マライアの言葉は少女を落ち着かせたようだ。

少年たちが防水シートを持って戻り、ほかの人間は皆、端をつかんでシートを広げ、万一に備えた。

しかしミラーは木をのぼりはじめた。

マライアはできるかぎり上へのぼり、ジェーンに手を差し伸べていた。もう片方の手はごつごつした幹に固く巻きつけている。ミラーには、マライアがジェーンにもっと近づくように促しているのがわかった。もう少し近くへ。そうすればしっかりつかむことができるから、と。

ゆっくり、数センチずつ、ジェーン・アンは動きはじめた。

マライアがジェーンを引き寄せ、ジェーンが彼女の首にしがみついた瞬間、地上から大きな安堵《あんど》の息がもれた。

しかし、たいへんなのはこれからだった。マライアはまだ下りなければならず——今度は八歳の少女の体重が加わって、バランスをあやうくしている。マライアは一枝ずつ、体重をかけても大丈夫かどうか確かめながら下りはじめた。

そのときだった。

ミラーは、ライフルの発射音に似た鋭いぴしっという音がするより早く、枝が折れるのを見た。まるで悪夢のようなスローモーションで、マライアが上の枝をつかみ、片腕だけで二人分の重さを支えるのが目に映った。彼女の筋肉は突っぱり、足は置き場を探っていた。

次の瞬間、マライアの指がすべった。

「マライア!」彼女が落ちると同時に、ミラーの喉から悲鳴があがった。

だが不思議なことに、彼女は下まで落ちなかった。腕にきつく少女を抱いたまま、途中でがくんと止まったのだ。

工具ベルトだった。マライアのベルトの後ろ側が、別の折れた枝に引っかかっていた。

二人は木からぶらさがり、顔を外に向けて、クリスマスの飾りのように揺れている。

ミラーは急いで木をのぼったが、幹はごつごつしていて、ジーンズの上からでも痛みが走った。

近づいてみると、マライアの肘から血が出ていた。膝からも血が流れている。こちらはすりむいたらしく、いっそう傷がひどい。工具ベルトは彼女をウエストではなく、肋骨《ろっこつ》で支えていた。それでも、マライアはなんとかミラーに笑ってみせた。

「スリル満点だったわ」彼女はかすれた声で言った。

「大丈夫か?」そのときミラーは気づいた――マライアの腕の内側についたあざ。木のせいじゃない。あれは僕がつけたんだ。彼女のカウチで眠った晩に。彼女をドミノだと思いこみ、きつく腕をつかんで。

「肋骨の位置が変わったみたいなの」マライアが言った。「体から空気が全部出ちゃったみたい。ジェーンを受けとって。お願い。ジェーン・アン、この人はジョンよ。彼があなたをママとパパのところへ下ろしてくれるわ。わかった?」

少女はおびえきっていた。マライアはジェーン・アンの頬にキスし、ミラーは何も言わずに少女をマライアの腕から抱きとった。「きみをそこからはずさなくちゃ」彼はマライアに言った。

「ジェーンを先にして」マライアの声はぎこちなく、かすれたままだった。「わたしを助けるには両手が必要だもの」

ミラーはうなずき、少女を連れてできるかぎり速く下りた。もう一度マライアを見たが、彼女は目を閉じていた。〝肋骨の位置が変わった〟マライアはジェーン・アンを怖がらせないよう、そんな言い方をしたに違いない。工具ベルトが肋骨に食いこんだときには、彼女の全体重がかかったはずだ。それに、折れた肋骨が肺に穴を開けるのに時間はかからない。ミラーはかすかな恐れを抱いて、もう一度マライアを見上げた。彼女は目を閉じているだけなのか。それとも意識を失ったのか？

ジェーン・アンを、待っていた父親の手にゆだねると、ミラーはまたすぐに、マライアがベルトでぶらさがっている場所までのぼっていった。

近づくとマライアは目を開け、ミラーは安堵のあまり木から落ちそうになった。

「ああ、痛い」彼女は言った。「もう〝痛い〟って言ってもいい？」

ミラーはうなずき、彼女の目にショック症状の兆候がないかのぞきこんだ。「呼吸はできるかい？　息をするのが苦しい？」

マライアは首を振った。「まだちょっと……押しつぶされている感じだけど」

「ベルトをはずそうか？」ミラーは尋ねた。

マライアがまた首を振った。「それも考えたけど、バックルは後ろにあるの。それに、ただでさえはずしにくいのよ」

ミラーは両足を別々の枝にかけ、マライアの近くまで体を持ち上げた。「僕につかまるんだ」強い声で言った。「きみを持ち上げて、ベルトを枝からはずす」

マライアはためらった。

「僕の腰に脚をまわして」

「救急隊を待っていたほうがいいんじゃないかしら」

「脚を僕の腰にまわすんだ」ミラーは繰り返した。「さあ、マライア、それだけでいい」

そして、マライアはそうした。

ミラーは彼女を下へ下ろすこと以外、考えまいとした。マライアの体がやわらかく、あたたかく、うっとりするような香りがすることも、いまは無視するのだ。彼女の感触が、コテージのカウチで寝たあの夜におぼえていたとおりだったことも。いまマライアは、落ちて首を折りかねない危険にさらされているのだ。

「しっかりつかまって」ミラーは言い、マライアを持ち上げながら、片手を彼女の後ろに伸ばした。そして、ベルトを引っかけて彼女とジェーンの命を助けた、短く刈られた枝の先を手探りした。

あった。同時にぬるりとした血の感触がした。マライアの血だ。枝のとがった先が彼女の背中を裂いて食いこみ、突き刺さったのだ。乱れた息が、どれほど痛むのかを告げている。

「体を上へ持ち上げて」ミラーは言った。「ベルトをはずすから協力してくれ」

ミラーにまわされた両脚に力が入り、彼は全身に力をこめてマライアを持ち上げた。彼の頭はマライアのやわらかい胸に押し当てられていたが、それはどうしようもなかった。とうとう、ミラーは自分でも思いがけないほどの力を出して、工具ベルトをはずすことができた。マライアの全体重を支えているせいで、全身の筋肉が張りつめている。マライアは彼にしがみついていた。彼が夢見ていたよりももっと強く。

「これじゃあぶないわ」

「僕がつかんでいる」ミラーは言った。「絶対に放さないよ」

ミラーはマライアが足場をさがすのを助け、もっと大きくしっかりした枝に足を下ろさせた。だが、彼女はミラーの手をつかんだままだった。

互いの顔はほんの数センチしか離れておらず、マライアの目が抑えきれない涙でうるんできた。「泣いてしまいそうだわ」彼女は言った。

「もう少し待てるかい？」ミラーはきいてみた。「きみを地面に下ろすまで」

マライアはなんとか弱々しい笑みを浮かべた。「ええ」

二人は一度に一枝ずつ、ゆっくりと下りていった。ようやく下に着くと、ミラーは彼女を放さなければならなかった。

ルネもトーマスもそこにいて、ほかのみんなと同じく、彼女を助けようと手を差し伸べた。

それでもマライアは泣かなかった。彼女はみんなにほほ笑みかけ、すり傷も切り傷もたいしたことはないと言い、背中のひどい傷も笑ってすませた。そしてジェーン・アンともう一人の少女エマが、マライアを倒さんばかりに飛びつくと、彼女は二人を抱きしめて、傷の痛みに震えたのを隠した。

ミラーは現場主任のラロンダのところへ行った。「マライアを病院へ連れていきたいんです」彼は声をひそめて続けた。「肋骨が折れているかもしれないし、背中の傷は縫わなければならないでしょう。バンのキーを貸してもらえますか?」

ラロンダはうなずいた。「免許証を見せて、ミスター・ミルズ。そうしたらバンをお貸ししますから」

ミラーは財布を出し、数分もしないうちにバンのキーをポケットに入れていた。すばやく家の中に入ってTシャツをつかみ、頭からかぶりながら、マライアをつかまえた。

ミラーが腕をつかんでバンのほうへ連れていくと、マライアは抗議した。「手を洗いたいの」

「病院で洗えばいい」

マライアはうなずいた。「わかったわ」

彼女がそれ以上逆らわないのはよくない兆候だった。傷は見た目より深いのかもしれない。

ミラーは彼女に手を貸して、バンの前部の熱いビニール製シートに上がらせ、それから車の前をまわって運転席に座った。車を出して通りに出たあとも、マライアを揺らさないように、慎重に道路のくぼみを避けて走った。

しばらくして通りの端の一時停止標識のところで止まり、マライアを見やった。彼女は黙りこくって座ったまま、目を閉じて腕を体にまわしていた。

「もう泣いてもいいんだよ」ミラーはそっと言った。「いまは僕しかいないから」

マライアは目を開いてミラーを見つめ、彼はバンのギアをパーキングに入れた。どうかしているぞ。ミラーはこんなことをすべきじゃないと思いながらも腕を開き、マライアは彼に手を伸ばすと同時に泣き出した。

「あの子が落ちてしまうかと思ったの」マライアは彼にしがみついて泣きじゃくった。「あの子を死なせてしまうと思ったわ……そして自分も死んでしまうって」

「しいっ」ミラーは彼女の髪に顔をうずめてささやき、あらんかぎりの力をこめて彼女を抱きしめた。「もういいんだ。大丈夫だよ」

僕はいったい何をしているんだ？　これじゃ本当に狂気の沙汰《さた》じゃないか。こんなふうに彼女を抱いて、慰めるなんて……。

「ごめんなさい」マライアはなかば笑い、なかば泣きながら頭を上げて彼を見た。「あなたのシャツをびしょびしょにしちゃうわね」

ミラーは彼女にキスしたかった。唇がすぐそこに、わずか数センチのところにある。この唇はやわらかく、甘く……。

しかしミラーは歯を食いしばった。「僕のシャツのことなんかいいさ」

新たな涙がマライアの目にわき上がった。「あんなに怖かったのは初めてよ」

「きみは勇敢だったよ。それに幸運だった」

彼女はうなずいた。「ほんとに幸運だったわよね。あのとき、もしかしたらって考えると……」

マライアがぎゅっとすがりつき、ミラーもまた彼女を抱きしめた。〝あのとき、もしかしたらって考えると……〟だが、ミラーは何も考えられなかった——彼女にどれほどキスしたいかということ以外。

そんなことをしてはだめだ。わかってはいたが、やはりしないではいられなかった。マライアも激しく唇を重ねてきた。まるで、ミラーが狂おしく求めていたのと同様、彼女もまた彼とのキスを求めていたように。まるで天国にいるようなキスだった。と同時に、地獄でもあった。ミラーにはそのキスをやめなければならないのがわかっていたのだから。

彼は必死の思いで頭を上げた。体を離し、マライアのウイスキー色の目を見つめる。

「きみを病院に連れていかなくちゃ」彼の声はつぶやきにしかならなかった。

マライアはうなずいたが、目にはかすかな恥じらいが浮かんでいた。「ごめんなさい。わたし……また同じことをしているわね」

「何を？」

彼女は体を引き、シートの自分側の席に戻った。「あなたにキスすること」彼女はいつもどおりの率直さで言った。「キスしないではいられないみたいだわ」そして両手で顔を拭い、涙をこらえた。「行きましょう。病院はそう遠くないわ」

ミラーはなんと答えていいかわからず、バンのギアを入れた。またしても失敗を犯してマライアにキスしてしまったのに、彼女はそれが彼女自身のせいだと思っている。

ミラーは表通りに入りながら思った。マライアとキスしないでいられるほど強くなりたい。と同時に、それでも彼女にキスするほど弱くなりたい、と。

ミラーはマライアがレントゲンを撮り終わるのを待っていた。汗をかいて体をほてらせ、ひげは剃《そ》っておらず、午前中いっぱいやった建築作業の汚れにまみれていたが、彼はどきりとするほどセクシーだった。それに、死ぬほど彼女のことを心配していた。

「大丈夫よ」マライアは言った。「どこも折れてなかったわ。ひびも入ってないし。あざだけよ」

ミラーはやっと笑った。例のぎこちない半端な笑みだった。「よかった」彼はマライアの車椅子を押している看護師に顔を向けた。「次はなんです?」

「背中の傷を一、二針縫います」看護師は言った。「あいにく、先生がまだ来ていませんけれど」

「彼女についていていいでしょうか?」ミラーは尋ねた。

「もちろんですわ」

「つまりその、彼女がそうしてほしければの話ですが」彼はつけ加えてマライアに目をやった。

「ありがとう」マライアは答え、ちらりと目が合った瞬間、いつにない恥ずかしさをおぼえた。「そうして」

看護師は二人を救急処置室へ連れていった。そこにはベッドが六台あり、それぞれレールにカーテンがさがっていて、カーテンを引けばいくらかプライバシーを保てるようになっていた。

ミラーはマライアに手を貸して、ベッドに上がらせた。彼女はレントゲンを撮るときにスポーツ用のブラトップを脱ぎ、ショートパンツに病院のガウンをはおっただけになっていた。

マライアの動きにつれてガウンの短い袖《そで》が持ち上がり、ミラーは彼女の腕に手を伸ばして、袖をさらに押し上げた。腕をひねると、そこについたあざが見えた。五つある——小さな楕円形《だえんけい》のと、親指の形のあざ。もう片方の腕にも同じようなものがあった。

ミラーは彼女の目を見た。「すまなかったね」

「いいのよ」マライアは彼の目を見つめていた。「あの晩は、なんの夢を見ていたの?」

　ミラーは目をそらさなかったが、何を言うべきか考えているように、長いあいだ黙っていた。

「トニーは、つまり僕の親友は……警察官だった」ミラーはようやく言った。「彼はドラッグを密輸していたギャングに処刑されたんだ。頭を撃ち抜かれて」

「なんてひどい」マライアは信じられない思いだった。「トニーを殺した人たちは逮捕されたの？」

　ミラーはうなずいた。「ああ、逮捕されたよ。でも、そうなっても僕は連中の夢を見ずにいられないんだ。いまもあいつらの顔や……」彼は言葉を切り、顔をそむけた。「こんなことを話すべきじゃなかった。どうかしていたよ」

「あなたのところにプリンセスが来たのは、そういうわけだったのね」マライアは言い当てた。「トニーがプリンセスを残してくれた友達なんでしょ？」

「ああ。プリンセスはまだトニーを恋しがっている」彼はマライアに視線を戻した。「僕もだ」

「だから彼が死んだときの夢を見るのね。事件のとき、あなたはそこにいたの？　まさか、目撃したんじゃないんでしょう？」

　ミラーは首を振り、苦い声で答えた。「いや。僕が行ったときには遅すぎた」

「お友達はお気の毒なことをしたわ」マライアは言葉を切った。「その人……トニーは、ハイスクールからのお友達？」

ミラーはベッドのそばに椅子を引き寄せて座った。なぜ彼女にトニーの話をしたのだろう？　トニーは上流階級のジョナサン・ミルズの友達じゃない。十六歳のとき、トニーは転入してきたばかりのジョン・ミラーと——貧しい里子の問題児と、友達になった。トニーがあやまって窓を壊したとき、ミラーは自分からその罪をかぶってやった。周囲をだますのは難しくなかった——ガラスを割ったのは、他人の家に預けられている不良に違いないと誰もが思っていたのだから。

ミラーはもうある程度の期間を当時の里親のもとですごしていて、死ぬほど説教をされても、殴られはしないとわかっていた。かたやトニーには、息子の顔を殴ってあざをつけることなど気にもしない、野獣のような義理の父親がいた。

ミラーは犯してもいない罪を進んで告白し、それと引き換えにトニーの揺るぎない友情をかち得た。ミラーがそう望んだわけではない。初めのうちは違った。だが最後には、トニーがミラーのかたくなな殻を破り、二人の少年は友達同士になったのだ。

マライアにこのことは話せない——里親も、鉄拳《てっけん》をふるう義理の父親も、ジョナサン・ミルズのヨットクラブやテニスレッスン、株式配当の世界にはそぐわない。

「わたし、何針縫うことになるのかしら？」マライアはそう言った。彼がいつまでも沈黙しているので話題を変えようとしたのだ。

ミラーは首を振った。「わからないな」

またしても沈黙。ミラーはふと彼女に見つめられていることに気づいた。

「あなたの具合はどう？」やがて彼女は言った。「思いがけないことで忘れていたけれど、あなた、ほんの数日前には気分が悪くてビーチで気を失ったのよね。それがいまはこんなふうに、急に家を建てたり、木にのぼったり下りたりして……」マライアはまだ彼を見つめたままで、いぶかるようなまなざしを向けていた。「ジェーンを運んで、わたしのことも運んでくれたわ」

「おかげでもうくたくただよ」

ミラーは、マライアがあまり長く真剣に考えないよう祈った――彼があの木をのぼり下りしたときのバランス感覚や力は、過酷な化学療法を終えたばかりでは不可能なものだったことを。だが、彼女の気持ちをこの話題からそらす方法はわかっていた。

「マライア、さっきの……バンの中でのことだけど……？」

彼女は赤くなったが、まっすぐにミラーの目を見つめた。「ジョン、本当にごめんなさい。わかってるの――あなたはただの友達でいたいんだって。それがまだわたしの頭にしみこんでいないのね。でもやっとわかってきたから……」

「僕はきみに謝りたいんだよ」

「わたしに？　でも――」

「キスしたのは僕のほうさ」彼は言った。「僕がキスしたから、きみも僕にキスしたんだよ。でも、僕はキスするべきじゃなかった。だから謝るよ」

マライアはぽかんとして彼を見た。

ミラーは頭を振った。「自分を抑えられなかった」

「わからないわ」マライアは言った。「あなたがキスしたい気持ちを抑えられなくて、わたしも同じなら、わたしたち、どうしてもっとキスしちゃいけないの？」

医者が入ってきたので、ミラーは答えを考えずにすんだ。彼は立ち上がり、逃げられたことに感謝した。「外で待ってるよ」

「ジョン」

彼は立ち止まり、振り向いた。

「わたしがさっき言ったことは忘れてね。お互いに友達よ。それでじゅうぶん。わたしはそれでいいから」

ミラーはうなずき、ドアの外へ出た。そして思った。目を閉じて眠り、目ざめたときにはマライア・ロビンソンとただの友達で満足できる世界にいたらどんなにいいだろう。

彼はあの女にも会っている。

まだあの女に会っているなんて。二人が一日じゅういなかったことで、彼があのばかばかしい家づくりに出かけたことに気づいた。

意外だが、心配することはない。

いずれ選ぶときが来たら、彼は正しい選択をするだろう。それは間違いない。

7

二針。小さくほんの二針縫っただけで、マライアは何日も海に入れず、FFFにも行けなくなった。たかが二針縫っただけで。

マライアはいらだちを抑えようとはした。FFFはわたしを頼りにしている。早く戻って、そして……。

マライアは呼吸法の一つをやってみた。これじゃまるでマリー・カーヴァーだわ。ここにいるのはマライアで、心配ごともストレスもないのよ。マライアなら、こんな思いがけない休日は贈り物だと思うはずだわ。ビーチに寝そべって、読みかけの本を読むチャンスじゃない。夜更かししたり、時間をかけておいしいヘルシーな料理を作ったり。夕日を眺めたり、星を見つめることもできるわ。

最初の二、三日は本当に楽しかった。ジョナサン・ミルズが日に一度はやってきて、食べ物や本、ビデオテープやみやげ物屋で買った安物のおもちゃで彼女の気を引き立ててくれた——面白いもの、ちょっとしたもの、友達同士が贈るようなもので。

ジョナサンは友達として来るだけだった。実際、彼は体が触れ合わないように、たとえ偶然でも触ってしまうほど近づかないように、ひどく気をつけている様子だった。話題もあたりさわりのないものだった。本や映画や、新聞に出ていたこと。FFFのことや、島でいちばんおいしいオムレツが食べられる店のこと。

マライアは彼の最新の検査結果がいつ出るのか知らなかったが、完全に治ったという結果が出ますようにと願っていた。彼の話や言葉の端々から察するに、結果はまもなく出るらしい。そのときになれば、彼は、いまもマライアを盗み見るまなざしに燃えている情熱に身をゆだねるかもしれない。

もちろん、ジョンはわたしを見ていないときには、同じ情熱を目に浮かべてセリーナを見つめているのかもしれない。セリーナはただの一度も見舞いに来なかったし、マライアも電話する気になれなかった。だがマライアは、ジョンが夕食の時間にたびたびいなくなることから、二人が会っているのではないかと疑っていた。疑ってはいたが、それは自分の過剰な想像力が嫉妬《しっと》にあおられて醜い頭をもたげているだけだと思いたかった。

そんな思いをどこかに押しこめてしまおうとした。しかし、それは心の暗い隅からじっとマライアをうかがっていた。その気持ちを明るい場所へ出そうともしてみた。ジョンがセリーナと会っていたらどうだというの？　彼はただの友達でいようと、わたしにはっきり言ったじゃない。わたしたちの関係はそれでいいと思わなきゃいけないのよ。

だが真実はいつもすぐそばにあり――たえず小さな声で、ジョナサンにキスされたときの気持ちを思い出させた。その声はいつもマライアにつきまとい、拒絶されたにもかかわらず、自分がどれほどジョナサンを求めているかを思い出させた。ああ、ばかみたいだわ。

それでもマライアは、彼が来るたびに家へ入れた。いっそ友達でなくなるほうがましだとわかってはいたが、彼の病気のことが頭から離れなかったのだ。もしわたしがジョンとのつき合いを絶ち、友達でいるのも拒否したあとに、彼が死んでしまったら……。

ジョナサンが最後に立ち寄ってから、今朝でもう一日半近くたっていた。だが友達の境を越えることを恐れ、マライアは電話もかけなかった。

彼が恋しくてたまらなかった。彼のことが心配だった。具合が悪いのかしら？　病気がぶり返したの？　いまどこにいるの？

すると、ビーチの先で犬の吠《ほ》える声がした。

マライアは懸命に集中しようとしていた本から目を上げ、プリンセスが来たのかもしれないと思った。それにジョナサンも。

思ったとおり、犬はプリンセスだったが、ジョナサンの姿はどこにもなかった。おかしな顔の愛らしい犬は、波とたわむれ、かもめに向かって吠えている。しかしどこを見ても、近くに人影はなかった。

マライアは本を置き、ビーチへ下りていった。口笛を吹くと、犬は顔を上げて耳をそばだてた。「プリンセス！」

　プリンセスはマライアに向かって駆け出しながら、笑ったように見えた。

「こんにちは」マライアは犬に話しかけた。「一人で何をしてるの？　ジョンは？　あなたのご主人はどこ？」

　もちろん、犬は答えなかった。

　マライアは医者にゆっくり休みなさいと言われていた。でも、ビーチを歩くくらいなら……。

「おいで、プリンセス」マライアは呼びかけた。「何か飲み物をあげるわ。そうしたら靴を取ってくるから、ジョンをさがしに行きましょう」

　迷った犬を届けてあげるのは、間違いなく友達らしい行為だ。ご近所づき合いみたいなものだし……ちょっとした知り合いだってそうするわ。

　そのことは今日いちばんの思いつきと言えた。


　セリーナ・ウェストフォードは、リゾートホテルのいちばん豪華なラウンジで待っていた。

　ミラーはゆっくり中に入り、暗さに目を慣らした。朝のこんな時間でも、室内にはかすかな明かりしかない。光は窓をおおった厚いカーテンにさえぎられ、小さな点やかけらになっている。そのせいで部屋の中はどこか現実離れがし、かすみがかっているように見えた。

セリーナは一隅に座り、コーヒーを飲んでいた。完璧《かんぺき》な脚が優雅に組まれ、ドレスは天使のような白だ。

近づいていくにつれ、ミラーはぞくりとするものを感じた。二人はおとといの夜、一緒に食事をした。その夜、彼はセリーナを迎えに行くためにマライアの家を出たが、それはマライアを抱きしめて彼女にすべてを打ち明けないようにするにはほかに道がなかったからだった。自分が本当は誰で、何をしているのか話してしまいたかった。そして互いが一つになるまで——時が止まるまで、唇を重ねていたかった。

だがそうするかわりに、ミラーはセリーナを迎えに行った。昨日の午後もセリーナとすごし、わざとマライアの家には近づかなかった。

二人は早めの時間にまたディナーをとり、ミラーはリゾートホテルのレストランに座って、セリーナがアフリカで平和部隊の活動をしていたという作り話を聞いた。しかしそのあいだ彼が思っていたのはマライアのことだった。ディナーのあとはレストランのテラスで酒を飲んだが、ふと気づくとセリーナが何かの質問の答えを待って、彼を見つめていた。ミラーは自分たちが何を話していたのかさっぱりわからず、愕然《がくぜん》とした。仕事のことを忘れていたなんて。

マライアの及ぼす力が恐ろしくなり、ミラーはそのとき思いつく唯一のことをした――セリーナを抱きしめ、キスをしたのだ。激しく唇を重ね、潜在意識につきまとうマライアの幻を追い払おうとした。必死に情熱をかき立ててもみた。しかしセリーナがしなやかなはずむ肢体を押しつけ、熱く応《こた》えてきても、ミラーの心は冷えていくばかりだった――そしてまたしても、マライアがまなざし一つで自分の中にかき立てる炎を思った。

ミラーはセリーナとキスするのがいやでたまらなかったが、彼女は気づかないようだった。いま彼はセリーナのほうへ歩きながら、二度と彼女にキスしないですむことを願った。しかしセリーナは頬を彼に向けて唇を触れさせただけだった。彼が隣に腰を下ろすと、銀のポットから湯気をたてているコーヒーをカップにそそいだ。

「グッドモーニング」彼女が言った。ミラーはそのイギリス風アクセントが偽物だと知っていた。だが、あやしげなイギリス訛《なまり》になりがちなたいていのアメリカ人とは違う。セリーナがまったく新しい言語を学ぶように入念にテープを聴きこんだのは確かだ。「ゆうべはよく眠れて？」

「子どもみたいにね」ミラーは嘘《うそ》をついた。実際には何時間も天井を見つめ、マライアのことを考えていたのだ。

セリーナは彼を見つめ、その猫のような緑の目でじっと表情を探っていた。ミラーはなんとか笑みを浮かべた。そろそろゲームを次の段階に進めよう。

「今日、主治医と話したんだ」ミラーはそう言いながら、彼の〝いい知らせ〟を聞いたとたん、セリーナがまた唇を重ねてくるだろうと心の準備をした。「ごく最近やった血液検査の結果が出たんだ。いまのところ、僕は死なないですむらしいよ」

「まあ、ジョン、なんてすばらしいニュースでしょう」やはりセリーナは体を寄せてキスをしてきた。そしてやはりミラーもまた、キスしているのがマライアだったらと思っていた。


リゾートホテルの外には救急車が止まっていた。それを見た瞬間、マライアの心臓は激しく打ち、最悪のシナリオが頭に浮かんだ。救急隊員はジョンのために来たんだわ。彼が死にかけている。もう死んでしまったかもしれない。マライアはその場に凍りついた。

そんなばかな。そんなことを考えちゃだめよ。それでもプリンセスの首輪をぐっと握り、マライアはフロントへ急いだ。窓の向こうで、救急車が出ていくのが見えた。

「すみません、ジョナサン・ミルズは何号室でしょうか」

フロント係は愛想よくわびた。「申し訳ありませんが、お客様のルームナンバーはお教えできません。よろしければ、部屋に電話をおつなぎしますが」

「ええ、お願い。ジョナサン・ミルズを」

フロント係は彼女に電話を渡した。呼び出し音が鳴る。何度も、何度も。返事はない。

恐怖が戻ってきて、マライアの喉をふさぎはじめたとき、プリンセスが飛び出した。

「待って！」マライアは急いで係に礼を言って電話を返し、犬のあとを追った。

プリンセスはプールわきのテラスに通じるドアから走り出し、マライアも続いた。急いで階段を下りたところで、あやうくジョナサンにぶつかりそうになった。

彼はマライアの肘をつかんで支えた。「マライア？」

「ジョン！」マライアは彼の首に抱きついた。「よかった！」彼の体はあたたかく、しっかりと手応えがあって、いいにおいがした——日焼け止めとコーヒーの香り。

ミラーはマライアを抱きしめ、ほんの一瞬だけ、ぎゅっと抱き寄せた。あまりに短いあいだのことで、マライアは気のせいかと思ったが、そうでないのはわかっていた。彼は以前のようにわたしを抱いてくれた——狂おしいほどに——ずっと前の朝、あのカウチで抱いたように。だがあの朝のようなキスはなく、彼はすばやく体を引いてマライアから離れた。

そのとき、マライアはセリーナに気づいた。落ち着きはらい、信じられないほど若々しく、白いサンドレスと帽子で清らかそのものといった姿のセリーナは、さも親しげにジョナサンの腕に手を置いた。「マライア。こんなところで会うなんて」

ジョナサンの助手のダニエルも、すぐそばに立っていた。ジョナサンがうなずいてみせると、ダニエルはプリンセスの首輪をつかんで、犬を連れ去った。

「僕たちは……プールのそばでランチを食べに来たんだ」ミラーはマライアに言った。

「その、きみも一緒にどうだい？」

「マライアは自然食のダイエットをしているのよ」セリーナが言った。「ここには彼女好みのものはないと思うわ」

ジョンとセリーナ。二人はまるで恋人同士のようにそこに立っていた。〝ランチを食べに来た〟マライアは二人が午前中一緒にいたことをすぐに察した。午前中――あるいはもっと長く。前の晩も。

わたしが最後にジョンに会ったのはいつだったかしら？

マライアは咳払《せきばら》いをして彼の目を見つめた。ジョンにわたしが傷ついたことを知られてしまう。わたしには傷つく権利はない。だがそれでも、マライアは気持ちを隠せなかった。

「ビーチでプリンセスを見つけたの。一人ぼっちだったわ。わたし二、三日あなたに会っていなかったし、心配になって。具合を悪くしたとか、怪我《けが》をしたんじゃないかと思ったの……でも大丈夫だってわかったから、もう……帰るわ」そう言って後ろにさがった。

「いい知らせを聞いた？」セリーナは、マライアとミラーのあいだの一触即発の緊張にはまったく素知らぬ顔で尋ねた。「ジョナサンは今朝、検査結果の第一報を受けとったの。お医者様は、癌《がん》が消えたとほぼ確信しているわ」彼女はミラーにほほ笑みかけた。「これからもずっと生きられるのよね、ダーリン？」

今朝。彼は今朝結果を知ったのに、わたしには電話さえしてくれなかったのだ。

「本当にいい知らせだわ」マライアはやっとそう言った。懸命に笑顔を作ったが、目には涙が浮かんでいた。「ジョン、よかったわね」

正直言って、マライアは彼がその知らせを受けとったら、真っ先に自分のところへ来てくれると思っていた。セリーナのところではなく。それでも朗報には違いない。いま彼はセリーナと一緒にランチをとろうとしており、セリーナはそのランチが二人だけのものだとはっきり言ったのだ。

「もう行くわ」マライアはほんの少しだけ、彼の目を見つめた。「本当によかった」

ミラーは信じられない思いだった。これまで、注意深く友達でいようと言ってきた。なのにマライアは明らかに期待を抱き、ここへ駆けつけて、僕がこんなふうにセリーナといるのを見てしまった。それでも僕のことを心から喜んでくれている。

「ほんとによかったわ」マライアはもう一度、小さな声で言った。

そして彼女はきびすを返し、その場を立ち去った。

マライアを追いかけたい。追いかけたくてたまらない。だがそれはできなかった。セリーナが見ている以上、マライアを傷つけた自己嫌悪にひたることすらできない。ミラーは無理に笑みを浮かべ、マライアの表情に心を痛めていないふりをした。

だが彼の心は本当に痛みをおぼえていた。ほんの数週間前、心などないと思っていた男としては、驚くべき変化だ。

「ランチに行きましょう」セリーナが言った。

ミラーはうなずき、もう一度ほほ笑んでみせた。今夜はセリーナにプロポーズするつもりだった。そうすれば二、三週間のうちに、彼女はナイフで僕の心臓を刺そうとするだろう。

もしセリーナがうまくやってのけたとしても、なんの不思議もないな。ミラーはそう思った。

「ハーイ、わたしよ。いま話してもいい？」マライアは尋ねた。

電話の向こうで短い沈黙があり、それからセリーナの落ち着いた声が答えた。「一人かって意味なら、そうよ。でもいまちょっと忙しいの。こちらからかけ直すわ」

電話は切れ、マライアはしばらく手の中の受話器を見つめていた。受話器を置くかわりに、彼女はまた同じ番号を押した。だが今度はセリーナは出なかった。留守番電話の応答すらない。

妙だった。セリーナは電話メッセージを受けとることについては、ほとんど偏執狂的なのだ。なぜ留守番電話さえセットせずに出かけたのだろう。

しかしマライアがテーブルからランチの皿を片づける前に、電話が鳴った。「もしもし？」

セリーナだった。「ごめんなさい。家から出なくちゃならなくて。いま、ノースビーチのピザパーラーの前にある公衆電話からかけているの。わたしの家は虫がうじゃうじゃいて。ああいやだ。今日の午後と夜は島を離れるわ。アトランタへ行くの——ちょっと仕事があるのよ。現実の世界から何か買ってきましょうか？」彼女はマライアの返事も待たずに続けた。「ああ、目をつぶるとあのいやな虫を思い出してしまうわ。貸し別荘の会社にはもう戻ってこないって言ったの。あのビーチハウスにはね」

「でも帰ってくるんでしょう？」マライアはそう言ったが、心の中の思いは違っていた。

「もちろんよ。どこかもっと虫のいないところが見つかるまで、何日かリゾートホテルに泊まるつもりよ」

リゾートホテル。そうなればセリーナはもっとジョナサンの近くにいられる。なんて好都合だろう。

マライアは深く息を吸った。「セリーナ、ジョンのことを話したかったの」

「ジョナサン・ミルズ？」

「ええ」

「検査の結果がよかったと知って、彼、本当に喜んでいたわ」セリーナは言った。「子どもみたいにね。もちろん、一度くらいいい結果が出たからって、完全に治ったというわけじゃないけれど……まだ死なないという保証はないわ」

「そう思っているなら、なぜ彼とつき合うの？」マライアはきいた。「あなたがほしいのは生きている夫でしょ？」

セリーナは笑った。「夫？　誰が夫の話なんかしたかしら？」彼女の口調が変わった。「ジョナサンがあなたに、結婚したがっているようなことを言ったの？」

「いいえ」

「ほらね？　わたしたちは友達よ。あなたは彼の友達ですもの。わたしがジョナサンの友達になっていけないことないでしょう？　本当よ、マライア、たいしたことじゃないわ。あの人はキスしかしてくれていないもの」そこで間を置いた。「いまは、まだね」

ジョンがセリーナにキスをした。マライアは目を閉じ、襲いかかる嫉妬や苦しみの波にあらがった。「あなたにとってはたいしたことじゃないかもしれないわ。でも……」マライアはいまでは彼をよく知っていた。「ジョンはいつも真剣よ。それに、いろいろな意味で繊細な人なの。癌のせいで傷つきやすくなっているのよ。ひどい悪夢も見るらしいわ」

「あなた、わたしを脅かして追い払うつもりなの？　それとも彼の夢見が悪い晩には、手を握ってミルクをあたためてあげろとでも？」

「夢見が悪いとかじゃないわ。恐ろしい悪夢なのよ。彼から聞いてない？」

「たぶん自分の暗い秘密を全部打ち明けたりしたら、わたしが怖がって離れていくと思っているんでしょう」セリーナは言った。

あるいは、彼はセリーナと一緒だと、話などしないのかもしれない。

「わたしが怖がりじゃないことをわかってもらわなくちゃね」セリーナはそうつけ加えた。

「どんな悪夢なの？　病気のこと？」

「いいえ」マライアは答えた。「彼の友達が警官だったのだけど、仕事の最中に殺されたんですって。ジョンはそのことが頭から離れないのよ」

「愉快な話ではないわね」セリーナはじっと考えこんだ。「いま、警官って言った？」

「実際には、ジョンはその友達が――トニーという人だけど、彼が警官だったと言っていたわ。トニーは犯罪組織のボスの命令で殺されたんだって」

「となると、ゲームが新しい局面を迎えるのは確かね」

「セリーナ、あなたにはただのゲームでも……」

「人生はゲームよ」セリーナは答えた。「人間はゲームをして、やがて死ぬものなの。どんなルールであろうと、死ぬことは最初から決められているのよ。遅かれ早かれ、みんな死ぬんですもの。早く死ぬ人だっているでしょうよ。ジョナサンだって癌で死ななくても……バスにひかれるかもしれないわ」

「そんな恐ろしいことを考えないで！」

「まあ、マライアったら」セリーナは言った。「童話のヒロインぶるのはもうはやらないわよ」

「あなたが今日出かけるなら、もう帰ってきてほしくないわ」

セリーナは笑った。「そうするかもしれないわ」彼女は言葉を切った。「それがあなたに思いつく、いちばんひどい言葉？」

マライアは海のほうへ目を向け、唇まで出かかった言葉を吐き出したい衝動を抑えた。

「いいえ。でも友達だもの。そんなこと言いたくなかったけど——」

「写真屋からあのネガを取ってきてくれた？」セリーナがさえぎった。

「いえ。まだ行ってないの」

「だったら戻ってこなきゃならないじゃないの」セリーナはうんざりしたように言った。

「明日わたしに渡せるようにしてね。受けとりに寄るわ」

「明日？　悪いけど、わたし——」

電話が切れた。セリーナはさようならも言わずに切ったのだ。

8

マライアのコテージには明かりがともっていた。ミラーはビーチに立って見上げながら、眠れていたらよかったのにと思った。プリンセスを起こして、ビーチに連れ出したりしなければよかった。反対の方向へ歩けばよかったんだ。

何よりも、ランチのときに去っていったマライアの表情を忘れてしまいたかった。だが、それから逃れるすべはなかった。

ここへ来るべきじゃなかったんだ。けれど、何かが彼をこの方向へ引き寄せた。何か強いもの、ミラーには逆らえないものが。

今夜は何もかもうまくいかなかった。予定ではセリーナを食事に連れ出し、プロポーズするはずだった。だが彼女は電話で伝言を残し、デートをキャンセルしてきた。どこへ行くとも、いつ戻るとも言わずに。ただ仕事のことで本土へ行かなくてはならず、すぐ戻る、と伝えてきただけだった。

ミラーは初め、彼女に気づかれたのだと思った。自分がＦＢＩであることをセリーナに知られてしまったのだと。

セリーナは油断できないほど賢い。なのにミラーは、今回の捜査では失敗ばかりしていた。マライアのことが頭から離れないだけでなく、偽装上とるべき行動をとれず、FFFの建築現場で体力のないふりを続けることもできなかった。

それから、マライアにトニーの話をしたこともそうだ。まったくすばらしい手際じゃないか。トニーが警官だったことをマライアに話すなんて。

これまで何人もの捜査官やそのパートナーが、こうしたことで命を落としてきた。ミラーは自分の命などどうでもよかったが、もう二度と、絶対にパートナーを土の下に埋めるつもりはなかった。

ミラーは水平線に目を向け、空が終わって海が始まるところを見つけようと目を凝らした。薄い靄《もや》がすべてをおおって明るい星だけが見え、海面を渡る強い風が塩気まじりの霧を運んでくる。

ミラーは疲れきっていた。体の芯《しん》までくたくたなのに、それでも眠れなかった。眠るのが恐ろしいのだ――悪夢を見ることが。自分の罪と向き合うことが。

プリンセスはマライアの家まで半分ほど来たところで、縮れ毛におおわれた顔にもの言いたげな表情を浮かべて振り返った。

「ああ、行かないんだ」ミラーはやさしく、しかし断固として言った。「戻ってこい、プリンセス。早く」

　だが風や波の音にまぎれ、犬にはその声が聞こえなかったらしい。あるいは、聞かないことにしただけなのか。プリンセスはきっぱりした足どりで、マライアのコテージという休憩所へ走った。

　ミラーはあとを追って走ったが、プリンセスはずっと先に行っていた。テラスの木の階段を駆け上がり、鋭く吠《ほ》える。一度。二度。

しまった。それだけでじゅうぶんだった。自分がここにいることをマライアに知らせるには。

「プリンセス、こっちへ来い」ミラーは犬のあとから階段を上がり、声を抑えて言った。

　ドアが引き開けられた。「あら、あなたは何をしているの?」マライアは犬に呼びかけた。だが振り向いて、階段の途中で立ちすくんでいるミラーを見つけると、その声から親しみが消えた。「ジョン?」

　ミラーは最後の数段を上がりながら、ひそかにプリンセスを責め、自分自身をも責めた。

「やあ。そうなんだ、僕だよ。悪かった。迷惑をかけるつもりじゃなかったんだけど、こいつが勝手に来てしまって」

　マライアの姿は信じられないほどすばらしかった。ランチのときと同じショートパンツに、ぴったりしたTシャツ。脚は長く小麦色で、手を触れたらうっとりするほどなめらかだろう。髪は上げてうなじを出し、頭の上でくしゃくしゃにまとめて、大きなクリップで留めてあった。

だが彼女は疲れているようで、いつもは生き生きしている目に影がさしている。いぶかしげに警戒している様子で、ミラーに会っても少しもうれしくなさそうだった。

見ていると、マライアは大きく息をし、そのわずかな動作のせいでTシャツのコットン地に乳房がくっきりと浮かび上がった。彼女はちらりと家の中に目をやり、壁の時計を見ようと少し体をひねった。「もう一時すぎよ。眠れないの？」

ミラーはうなずいた。「ああ、いつもそうなんだ。その、眠れないってことが。このあいだ、ここでは違ったけど……」

マライアはしばらく黙ったまま、ただ彼を見つめていた。ミラーには彼女が何を考えているのか、まるでわからなかった。

「今夜は冷えるわ」ようやくマライアは言った。「中に入って」

彼女はミラーの答えも待たず、背を向けて家に入った。

ミラーには、プリンセスを連れて立ち去るべきだとわかっていた。しかしするべきだとわかっていることは皆、とうの昔に放《ほう》り出している。それにプリンセスはもうテラスの隅で丸くなっていた。だからミラーはマライアについて中へ入り、後ろ手にしっかりとドアを閉じた。

暗いビーチにいたあとでは、部屋の中はひどくまぶしかった。彼は明かりの前を通りすぎ、リビングの薄暗い場所へ行った。

「背中の具合はどう?」彼はぎこちなく尋ねながら、マライアが出ていってくれと言うのを願った。彼女が僕を追い出してくれれば、何もかもずっと簡単になる。

「いいわ」彼女は部屋の真ん中に立ち、胸のところで腕を組んで彼を見つめた。

「何をしていたんだい……その、こんなに遅くまで?」

「わたしも眠れなかったの」マライアは正直に言った。「だからアルバムに写真を入れようと思って。整理していたところ」彼女はダイニングルームのテーブルを指した。さまざまな形や色の写真が一面に広げられ、そばにいろいろな大きさのアルバムがある。

室内には音楽が静かに流れていた。だが静かな音楽ではない。ただボリュームがさげられているだけだ。たぶんプリンセスの鳴き声を聞いたときに音をさげたのだろう。ヘビーなカントリー風のバックビートに乗って、スライドギターが悲しげにうねっている。ミラーは思わず笑った。

「きみはストレス解消法とやらを研究しながら、静かに暮らしているとばかり思っていたよ」彼は言った。「一人のときはニューエイジ音楽を聴いているんだろうって——強烈なカントリーミュージックなんかじゃなくてね」

マライアはほんのかすかに笑った。「まあ、やめてよ。もっとわたしのことをわかってくれていると思ったのに。ニューエイジ音楽じゃ寝てしまうわ」

「それじゃ、お互いそれを聴くべきかな」

マライアは彼から目をそらしてカウチの端に座り、膝を折ってあぐらをかいた。リビングは薄暗く、ランプはすべてダイニングのほうへ移されている。マライアは謎《なぞ》めいた姿でカウチに座り、顔には影が落ちていた。「検査の結果を教えて」

ミラーはテーブルから離れ、リビングの暗がりに身を置いた。マライアの反対側のロッキングチェアに座り、嘘《うそ》の話の前に咳払《せきばら》いをする。嘘の上塗りだ。

「それほど話すことはないんだ。血液検査の結果が大幅に好転してね。今の状態が続けば、快方に向かっているということなんだよ。今後五年間、癌《がん》が再発しなければ、治癒したと思っていいんだ」

ミラーの口調には苦いものがあった。実際に苦いものを感じていたのだ。彼はホジキン病のことも、いわゆる生存率のこともよく知っていた。彼の母親が生き延びられなかった一人だったのだ。母親は快方に向かい、治ったとさえ言われた。しかし病は再発し、二度目に勝ったのは癌のほうだった。母親は死んだ。

「五年間……?」マライアは体を乗り出した。「ジョン、気をもむのはやめなくちゃだめよ。五年間も眠らずにいるなんて無理だわ」彼女はため息をついた。「セラピーを受けることは考えてみた?」

ミラーはカウチでマライアの隣に座りたかった。彼女を求める気持ちが強すぎて、話すこともできないほどだ。

なぜここへ来たんだろう？　こんなことをしたって、どうにも……それこそなんにもなりはしない。ひとときの慰めだけだ。マライアは僕にその慰めを与えてくれるだろう。なのに、僕のほうは彼女から奪うばかりじゃないか。

「嘘だと思うかもしれないけど、ホジキン病のことはもういいんだ。現実とは思えないくらいなんだから」ミラーはすばやく立ち上がった。またしても口をすべらせたのに気づいたのだ。今度は何を言うつもりだ？　そりゃあ癌が現実のものと思えなくても当たり前さ。現実じゃないんだから。だが、ジョナサン・ミルズにとっては現実なんだぞ。

しかし彼は、ジョン・ミラーだった。眠れないのも、恐ろしい悪夢を見るのもジョン・ミラーだ。今夜、彼女を求めてここへ来たのもジョン・ミラーなのだ。

マライアも立ち上がり、目を大きく開いて彼を見た。「ジョン、大丈夫？」

彼は首を振った。「いや。僕は……」ここから逃げなくては。ミラーはこれまで、何からであれ逃げようと思ったことはなかった。だが今は、たった一人、もしかしたら自分を助けてくれるかもしれない人間から逃げなければならないのだ。

マライアはおびえた動物に近づくように、ゆっくりと彼のほうへ行った。「ジョン、最後に眠ったのはいつ？」

ミラーは首を振った。「わからない」だがそれも嘘だった。彼はマライアに嘘をつくのに疲れていた。最後に眠ったのがいつかはよくおぼえている。「このあいだ、ここに来たときだよ」

マライアは目を丸くした。「一週間以上も前じゃない！」

「うたた寝は何度もしたんだ。でも……」彼は頭を振った。

「でもあの悪夢で目がさめて、そのあとは眠れない。というより、眠ろうとしないのね？まあ、あなた、震えているわ」

そのとおりだった。ミラーは震える手をジーンズのポケットに突っこみ、ドアに向かった。「帰るよ」

マライアは彼の前に立ちふさがった。「ダニエルを呼んで迎えに来てもらいましょう」

「いや、大丈夫だ」

「大丈夫なものですか。ねえ、とにかく座って。そのカウチに」

ミラーは動かなかった。

「お願い、ジョン」

彼は座った。

マライアは彼と並んで腰を下ろした。

「話して」マライアは静かに言った。「トニーのことを聞かせて。なぜ彼の死のことで自分を責めるの？　本当は何があったの、ジョン？」

ミラーは彼女のほうを向いた。そのとたん、あることがはっきりとわかり、その衝撃で彼は床に倒れそうになった。自分はなぜここへ来たのか、なぜ狂おしいほどマライアのそばにいたいのかを理解したのだ。〝なぜ彼の死のことで自分を責めるの？〟

そのとおりだった。ミラーは自分を責めていた。だが、どこかで気づいてもいた。マライアなら自分を許してくれると。たとえトニーの死が僕のせいであっても――非難されるべきなのは僕であっても、パートナーであり親友でもある人間を救える方法が何かあったはずだったとしても、それでもマライアなら僕を許すと言ってくれるだろう、と。

そう、ミラーは許しを求めていた。マライアにそう言ってほしかったのだ。

すべてが明瞭《めいりよう》になった瞬間、ダイニングテーブルのまわりにある明かりを全部集めたよりも、もっとはっきりわかったことがあった。ここを出なくてはいけない。それもすぐに。さもないと涙があふれ、子どものように泣いてしまうだろう。トニーのために、自分のために――二年前のあのいまわしい夜に失ったあらゆるもののために。

ミラーはここを去らなければならないとわかっていた。しかしマライアに手をつかまれると、もう動けなかった。

「僕はトニーを助けられなかった」ミラーはかすれた声で言った。

マライアが彼の顔に触れた。「でも助けようとしたんでしょう？　あなたはそこにいたんですもの」

ミラーは涙をこぼすまいと目をつぶった。「見たわけじゃない。でもやつらがトニーを殺すのが聞こえた。くそっ、僕は彼が死ぬ瞬間をただ聞いていたんだ！」二年あまりの苦しみと悲しみと怒りが激情となってほとばしり、ミラーは顔をそむけた。心の堰《せき》が切れて涙がこぼれ、そのしずくが顔を熱くした。肺は空気を求めてあえぎ、全身が震える。「僕は間に合わなかった。行ったときにはもう遅かった」

ミラーはマライアの腕が体にまわされるのを感じ、離れようとした。涙を止め、心を閉ざして、今の感情をすべて胸の中に押し戻してしまおうと思った。マライアがこれほど強く彼を抱いていなければ、そうできたかもしれない。

「早く行っていたらどうなったの？」マライアは尋ね、その声はミラーの髪を撫《な》でる手のように安らぎに満ちていた。「トニーが殺されるのを止められた？　あなたはどうなっていた？」

ミラーにはその答えがわかっていた――彼女もわかっているのだ。

「きっとあなたまで殺されていたわ。そうでしょう？」マライアは静かに言った。

「ああ」〝きっと〟ではない。絶対にそうだった。自分も死んでいただろう。踏みこんだときには、ドミノの手下たちはトニーの頭に銃弾を全部撃ちこんでしまっていた。だからこそ自分は死なずに彼らを全員逮捕することができたのだ。もっと早く駆けつけていたら、トニーと同じように、冷たくなってコンクリートの床に横たわっていただろう。

「ジョン、友達と一緒に死ななかった自分を許してあげなくちゃいけないわ」

僕はこのためにここへ来たんじゃないのか？　魂を解放してもらうために。だがミラーは体も解き放たれたかった。その願いはあまりに強く、彼は誘惑に負けてしまいそうだった。これではいつ境界を越えてもおかしくない。

ミラーはマライアの手を離そうとした。彼女に触れると体に火がつき、身をゆだねれば、あの甘い忘却が待っていることを思い出さずにいられない。ここを出ていかなくては……。

しかしマライアは彼を放さなかった。「もういいのよ」彼女は低くつぶやき、彼の髪に、顔に、手を触れ、肩や背中を撫でた。「心の中のものを出して、ジョン。怒りや痛みを感じてもいいのよ。悲しんでもいいの。そうしなければ、あなたがだめになってしまうわ。心を自由にしてあげて」

ミラーは踏みとどまることができなかった。マライアはミラーが必死にすがりつくよりももっと強く、彼を抱きしめている。ああ、頼むから彼女にキスさせないでくれ。そうなったら、僕は何をするかわからない。

マライアがなだめるようにやさしく話しかけ、先週してくれたのと同じリラックス法を始めると、ミラーは目を閉じた。

そしてやはり先週と同じように、疲労がどっと彼を襲った。

マライアが一緒になってカウチに倒れたことも、ミラーはほとんど気づかなかった。マライアの脚がしっかりと彼にまわされ、彼の背中が彼女の胸に押しつけられていたことも。

「自分を許してあげて」マライアは小さく言った。「きっとトニーも許しているわ」

マライアは眠れなかった。

カウチは二人が横になるようにはできていない。特に彼女やミラーのような大きさの人間は。でも居心地は悪くなかった。それどころか、マライアは彼と体を重ね合い、脚をからませて、ときめきを楽しんでいた。楽しみすぎるほどに……。

彼の規則正しいおだやかな息づかいに耳を傾け、マライアは自分の愚かさを心の中で叱《しか》った。

この人に出会った朝以来、わたしはいったいどうしてしまったのかしら？　ジョナサン・ミルズの何が、わたしをこんなお人好《ひとよ》しに変えてしまったの？

彼がかすかに身動きし、マライアはそのすきに彼の下から腕を抜いた。

癌のせいね。この人が、あとわずかで死ぬかもしれないという現実に向き合っていたから——今でも向き合っていると思うからよ。

そうに決まっている。だって、前に恋をしたときには、正気を失ったり意志を失ったりしなかったし、それに……。

恋。マライアはジョンの顔を見下ろした。彼は信じられないほど若く、とても無垢《むく》に見えた。わずかに口を開いて眠っている。わたしは彼に恋をしているんだわ。

マライアはその瞬間、お人好しでいるのはもう終わりだと気づいた。恋に落ちているのに、これほど気持ちが沈んだのは初めてだった。トレヴァーと離婚を進めていたときでさえ、これほどひどい気分にはならなかった。もうこんな思いはたくさん。

わたしは頭がおかしいわけじゃないわ。なのに、こうして眠っているジョンを抱いている。彼がセリーナと食事をする以上の仲だと知っているのに。彼が夜の最悪の時間をすごすための慰めを求めて、セリーナのところへ行くのを知っているのに。

マライアは彼から体を引きはがし、カウチを下りた。彼はまた身動きしたが、マライアがそばに立って見つめているあいだも、目をさまさなかった。

なぜもっと気分が晴れないのだろう。こんなふうに彼を突き放せば、心を強く持てるはずなのに。

しかしミラーの体から離れると、マライアの感じるものは寒さだけだった。

女はひどく遅い時間にホテルに戻った。バーに歩み寄り、酒を飲んでダンスをした。ドレスにはたばこと汗のにおいがついた。彼女はそれを脱ぎ、やわらかく高価なじゅうたんの上に落とした。朝出ていくときには置いていくつもりだ。

戻らなければならない。あのネガを手に入れなければ。だがあのばかな女はわざわざ取りに行く気はなさそうだった……。

ネガはどこだと言っていただろう？　そう、〈B&Wフォトラボ〉だ。ガーデン島から本土に渡ってすぐのところ。見つけるのも簡単だし、店に入ってあの女のネガを全部取ってくるのも簡単だろう。

彼女は鏡に映った自分の姿を見てしばらく立ち止まり、体や顔をうっとりと眺めた。傷あとは一つをのぞき、整形手術ですべて消した。一つだけは取っておいた——左眉に沿った小さな傷。それは最初の夫がつけたものだった。傷は全部、最初の夫がつけた——少なくとも、夫の前に父親がつけた傷以外は全部。

女は目を閉じ、警官が夜中に訪ねてきて、最初の夫が死んだと告げたときのスリルを思い出した。車の事故。夫は前後不覚になるまで酔っ払い、帰宅して彼女をぼろぼろになるまで殴るかわりに、車で林に突っこんだのだ。

葬儀屋の妻は、彼女が夫の棺《ひつぎ》からかたときも離れないのを悲しみのためだと勘違いし、夫の思い出にと彼の髪を一房切ってくれた。

だが彼女が棺のそばにいたのは、悲しみではなく——恐怖のためだった。夫を見張り、棺に釘《くぎ》が打たれるまで彼をその木の箱にとどめておかなければ、逃げ出すかもしれないと思ったのだ。夫が飛び起きて走り去り、あとで戻ってきて彼女に取りつくかもしれないと思ったからだった。

彼女は夫の髪をトイレに流そうとしたが、思い直し、セロファンに包んで宝石箱の底にしまった。

保険金に、ガレージのスーツケースの中に見つけた金を合わせると、バージン諸島のセント・トーマス島へ移るにはじゅうぶんの額だった。彼女は名前を変えた。スーツケースにあった金の持ち主が追ってくるかもしれなかったからだ。

そんなとき、二人目の夫に出会った。彼は金持ちで、年老いていて、最初の夫と同じくらい下劣だった。ただし、この夫の虐待は、肉体的なものではなかったけれど。やがて彼が食事中にチキンを喉につまらせたとき、彼女はすぐかたわらで窒息するのを見つめていた。

助けは呼ばなかった。彼女はただ見つめていた——妻に助けてもらえないことを知ったとき、夫の目に浮かんだ表情を見つめ、彼がはっきり死を悟るのを見守っていた。楽しかった——その力が。支配しているという感覚が。

三人目は、初めから殺すつもりで結婚した。笑ってしまうほど簡単だった。自分は誰よりも賢いのだ。そう、ジョナサン・ミルズよりも。もっとも、彼の本名はジョナサン・ミルズではない。

遅かれ早かれ、警察が追ってくるのはわかっていた。家じゅうに下手な隠し方をした盗聴器を見つけたとき、彼女はジョナサン・ミルズが自分を止めるために送りこまれたことに気づいた。

だが、彼女は逃げおおせた。

ホテルの糊《のり》のきいたシーツのあいだに体を入れながら、女はかすかな無念さを感じた。

あのナイフの刃をジョナサン・ミルズの心臓に突き立ててやりたかったのに。

9

ミラーは電話の鳴る音で目を開けた。

日の光が差している。澄みきった、きらめくような朝だ。彼はしばらくカウチに横たわったまま、天井に躍る光を見上げ、なぜそれがこんなにも面白いのかとぼんやり考えていた。

「ええ」もう一つの部屋から小さな声がした。「ええ、います。起きているかどうか見てきます」

それから、リビングに入ってくる足音が聞こえた。ミラーは体を起こして反射的に髪に手をやり、額からかき上げた。だが指に触れた髪はぎょっとするほど短く、彼はたちまちいまいる場所と、偽装工作を思い出した。

またしても一晩じゅう眠ってしまったのか。今度は悪夢の影さえなかった。

「あなたに電話よ」マライアが静かに言い、コードレス電話を彼に渡した。

彼女はミラーと視線を合わせなかった。ほとんど目も向けなかった。

ミラーはすばやく昨夜のことを思い返してみた。彼のほうは恥ずかしいことをさんざんした。感情を抑えられなくなったり、あんなふうに泣いてしまったり……。だがマライアは、これほど気まずい態度をとらなければならないようなことは何一つしていない。

ミラーは受話器を耳に当てながら、マライアが引き戸を開けて朝の新鮮な空気を入れるのを見つめた。彼女はしばらくそのまま、ただ海を見ていた。

「もしもし？」ミラーは電話に向かって言った。

「ジョン、ダニエルです。そちらにかけたりして申し訳ありませんが、セリーナが逃げてしまったらしいんです」

ミラーは身動き一つしなかった。彼はただ座ったまま、海を見つめるマライアを見つめていた。「なぜそう思う……？」

「昨日、彼女は貸し別荘の会社に賃貸契約を打ち切ると話しているんです。家はもぬけの殻ですよ、ジョン。何一つ残っていません。僕は今朝早くに行ってみました。盗聴器はすべて取りつけたときのままです――さわられた形跡はないようですが、これだけではわかりません。おそらく彼女は盗聴器を見つけ、あわてて逃げたんでしょう」

ミラーは鋭くののしりの言葉を吐いた。「パット・ブレイクに連絡しろ。彼に状況を説明して、そのあとまた連絡をくれ」

昨日ランチの席でセリーナにプロポーズすればよかった。チャンスはあったのだから。

だがミラーはためらい、その結果彼女は消えてしまった。経験からいって、逃げた容疑者は二度と姿を現さない。

事件は終わりだ——少なくとも、今回の捜査は終わった——容疑者は未逮捕のままで。しかし初めの激しい腹立ちをのぞけば、ミラーが感じたのは解放感だけだった。なぜなら、彼は生まれて初めて、事件の解決よりももっと手に入れたいものを見つけていたのだ。

彼が見つけたのはマライアだった。

ミラーはボタンを押して電話を切り、テーブルに置いた。こわばった体を立ち上がらせて、脚と背中を伸ばす。

「バスルームを借りていいかい？」

マライアは振り向いて彼を見つめた。「ええ、もちろん」彼女はぎこちなく、よそよそしい口調で答えた。「でもそのあとは帰ってちょうだい」

ミラーはぎくりとして立ち止まった。帰れだって？　やっとマライアという人を見つけたのに——彼女は僕に帰れと言っている。

ひどい皮肉だった。僕は彼女に出会ってから初めて自由になれたというのに。なるほど、捜査は公的にはまだ終わっていない。彼女に僕が本当は誰なのか、何をしているのかは言えないのだ——いまはまだ。しかし、最後にはマライアを傷つけることになると思うこともなく、彼女を抱き寄せ、キスすることはできる。

ミラーはバスルームに入り、用をすませ、そのあと顔を洗った。セリーナが姿を消した以上、ミラーにはすることもなく、行く場所もなかった――少なくとも、ダニエルがパット・ブレイクと連絡を取るまでは。マライアはミラーを帰したがっているが、ミラーはここにいたかった。やっといられるようになったのだ。

彼は深呼吸をして、バスルームのドアを開けた。マライアはキッチンにいた。水の流れる音が聞こえてきた。

「プリンセスにお水をあげたの」ミラーが戸口で立ち止まると、マライアは顔も上げずに言った。

「ありがとう」彼はためらった。昨夜泣いたときのことを思い出して、不意にひどく恥ずかしくなったのだ。「それに感謝しているよ……ゆうべのことも。なんていうか……」彼はぎこちない笑みを浮かべた。「気分がすっきりした」

マライアはようやく彼に顔を向けた。「ずいぶん長いこと眠っていたもの」

彼はうなずいた。「日が昇ってからも眠っていたのは二年ぶりだ」

「前は彼のことで悲しむのを自分に禁じていたんでしょう?」マライアは静かに言った。トニーのことを話しているのだ。

ミラーはわずかに顔をしかめ、窓の外の朝の光に目を向けた。「うん」

「彼が死んだのはあなたのせいじゃないのよ」

ミラーは小さくうなずいた。「ああ、そのとおりだ」彼はかすかに笑った。「自分でもわかってはいるんだよ。理屈のうえではね。ただそう信じられないんだ」彼は言葉を切り、マライアの姿を見ていつもと同じせつないうずきをおぼえた。マライアを抱きしめたかったが、彼女のすべてはミラーに近づくなと言っていた。「それを乗り越えるのに手を貸してくれないか」

「悪いけど、できないわ」マライアは深く息をした。「これ以上あなたのセラピストをやりたくないの、ジョン。あなたが相手にしているものは、お皿を割ったり、手軽なリラックス法をほどこすだけじゃ解決しないわ。本当にあなたを助けられる専門家をさがすべきよ。それに……」マライアの声がとぎれた。「もう会いたくないの。これ以上友達のふりを続けられないのよ。きっとわたしの心が狭いのよね。あなたはわたしに友達でいてほしがっているんだもの。でも、もうだめ。わたしだって自分が大事だから、あなたとこんなおかしなゲームを続けられないわ。あなたはわたしを求めているの？　それとも求めていないの？　求められているのかと思うと、あなたは身を引いてしまう。それで、求められていないんだと自分を納得させると、今度はあなたがわたしを……そんなふうに見るんだわ。そんな目で見ないで。もうゲームは終わりよ。帰ってちょうだい」

ミラーは彼女のほうへ一歩踏み出した。「マライア――」

マライアは顎を上げて腕を組み、目にあふれた涙にも負けずに踏みとどまった。「ドアはあっちよ」

ミラーは彼女に近づくのはやめたが、どきもしなかった。彼はただマライアを見つめた。すまなさでいっぱいになり、見る者が振り払えないような傷つきやすさでその目が曇った。「頼むから、僕がきみを求めていないなんて思わないでくれ」彼は低くつぶやいた。「なぜって、きみを求めているんだから。出会ったときからずっときみがほしかった——そのときからいままで、いつだってそうだったんだ」

マライアはいま聞いたことが信じられなかった。彼女は笑ったが、その声は泣き声に近かった。「それじゃ、なぜセリーナとキスしたの？」

彼はマライアがそのことを知っていたのにも驚かず、否定しようともしなかった。「それは……説明できない」

「話してみて」

彼はただ頭を振った。

部屋の唯一の出口はミラーがふさいでいたが、マライアはもう一分たりともここにいたくなかった。彼を押しのけて出ようとした。だが、彼はマライアの腕をつかみ、指が手首をとらえた。「マライア、待ってくれ——」

「放して！」

ミラーは手を離した。ふたたび彼女を傷つける危険を冒したくなかったのだ。「セリーナにキスしたのは、そうすればきみへの思いを断ちきれると思ったからだ」それは真実の切れ端にすぎなかったが、彼はそれでじゅうぶんであるよう願った。

マライアは振り向いて彼を見つめた。その目は怒りに満ち、唇は嫌悪に結ばれている。

「あなたって人は――」

ミラーは彼女の唇を奪った。卑怯《ひきょう》な手だとはわかっていたが、それでもかまわなかった。唇が触れ合えばマライアの怒りは消え、情熱に火がつき、言い争いや辛辣《しんらつ》な言葉は忘れられるはずだ。

このキスがすべてを消し去り、残るのはいちばん大切な真実――ミラーが彼女を求め、彼女もミラーを求めていることだけになるだろう。

そう、マライアはやはり彼を求めていた。

ミラーは彼女の燃えるようなキスに、とろけるような熱い抱擁に、それを感じとった。いっそう強く唇を重ね、舌を口に差し入れると、彼女は息が止まるほどの激しさで応《こた》えた。マライアが彼を引き寄せる。両手がミラーの背中を這《は》い上がり、指が彼のうなじにまわって髪にもぐる。そのあいだも彼の手はマライアのやわらかい体をまさぐり、豊かな乳房を包んだ。

「ベッドで愛し合おう、マライア」彼はささやき、もう一度唇を重ねた。

マライアはわずかに体を引いた。ミラーは彼女の目に、溶けた金属のような欲望を見てとった。

彼女の笑みには悲しみがにじんでいた。「離れようって決めたばかりなのに、あなたは簡単にわたしの気持ちを引っくり返してしまうのね。ああもう！　どうしていますぐあなたを追い出してしまえないのかしら」

ミラーには答えられなかった。理由などない。彼がとどまりたいと思い、彼女も彼にいてほしいと思っているだけだ。ミラーはもう一度キスしようと身をかがめたが、マライアは彼の唇に指を当てて押しとどめた。

「自分でもよくわからないし、いままでちゃんと考えなかったけれど、これはわたしの気持ちの問題なのよ。あなたを寝室に連れていって、お互い裸になれば、それはわたしにとってただのセックス以上の意味を持つの。愛をかわすことなのよ。愛よ、ジョン。わたしが何を言おうとしているかわかる？」マライアは深く息を吸い、一気に吐き出した。「はっきり言うと、あなたを愛しているの。だからあなたがそれでうろたえて怖《お》じ気《け》づくなら、すぐに出ていってほしいの――わたしの心をずたずたにする前に」

ミラーは動けなかった。話すことも、息をすることもできなかった。愛している、だって……？　僕を？　彼はマライアの目を見つめた。もはや視線をそらすことはできず、何かが胸の奥に迫る。

「それなら僕はここにいてもいいはずだ」彼はかすれた声で言った。

ミラーは愛されたかった。愛されたくてたまらなかった。これまではそんな感情から逃げていたのに、マライアの目を見ると、ただひたすら彼女のそばへ行きたくなる。彼女に愛されたい。彼女がほしい。そしてマライアもその思いを感じとっていた。彼女の目がわかったと言っているのだ。

だが、それだけではじゅうぶんではなかった。

「あなたに約束してほしいことがあるの」マライアは言った。

「マライア、先のことは――」

「別にたいへんなことは望んでいないわ」マライアは言葉をはさんだ。「ただ……セリーナとは寝ないで。いい？」

たやすいことだった。「絶対に寝ないよ」ミラーは答えた。「約束する」

マライアの望みはそれだけだった。

朝の光がグリーンのカーテンごしに差しこみ、部屋を緑に染めていた。潮風がカーテンを揺らし、光が天井に揺らめいて躍る。まるで水の中のようだ。あるいは天国なのかもしれない。

マライアのベッドは小さな寝室の真ん中にあり、ヘッドボードを壁につけてあった。寝乱れたままの状態でベッドメイクはされておらず、緑色のカバーの下に白いシーツがのぞいている。ミラーは、自分がカウチでぐっすり眠っていたあいだマライアのほうは眠れず、昨夜はここで長い夜をすごしたのだと気づいた。

マライアが唇を重ねてくると、ミラーはさっき二番目に思ったことが正しかったのを知った。ここは天国に違いない。

マライアはゆっくり、深くキスをしながら彼に体を合わせる。ミラーは思わずうなった。彼女の目に熱くほとばしるものを見れば、ミラーが欲望のあまりもらした声を喜んでいるのは確かだった。

マライアの両手が彼のTシャツの下へすべり、少しずつ背中の上へ動いていく。ミラーは目を閉じた。

その感触はあまりに快く、あまりに激しく、あまりにもどかしかった。だが彼女がそうしたいのなら、ミラーは突き上げる衝動を抑え、時間をかけて彼女を愛するつもりだった。

マライアは彼のTシャツを引っぱり、ミラーは彼女がシャツを脱がせやすいよう手を貸した。だが彼がマライアのシャツに手を伸ばすと、彼女はその手を止めた。

「セックスのとき、男は先に脱ぎたがらないものだっていうけど、知ってた?」マライアはそう言い、彼の肩や首、胸にキスをした。彼女の指がミラーのジーンズのウエストへ下りていき、上のボタンをはずしざま、軽くおなかに触れる。「つまり相手を支配したいのね」彼女はそうつけ加え、ほほ笑みながら徐々にジーンズのジッパーを下ろしていった。

「なるほど、と思わない？　服を着ているほうが、脱いでしまったほうにくらべて立場が強くなるでしょう」

「きみは、そのう……そうしようとしているのかい？」ミラーはきいた。

マライアは彼をベッドに押し倒し、ジーンズを腿から引き下ろした。「女の側にも問題があるわね」ミラーの質問など聞こえなかったかのように続ける。「女は強くなりすぎるのを恐れてリードしたがらないわ。わたしたちは、あおむけになるよう――男に服を脱がせてもらうように教えられるの。男性のペースにまかせなさい、時間も場所も体位も彼に決めさせなさい、彼の思うとおりにさせなさい、って。だから〝愛される〟なんて受け身の言い方をするのよ。でも、わたしは〝愛し合う〟のほうが好き」マライアは彼のジーンズを床に投げた。「これからするのは、そういうことよ」

ミラーはマライアのほうへ手を伸ばし、キスの勢いにまかせて彼女の背中をベッドに押しつけた。だがすぐに体を引いた。とっさに思い出したのだ。「きみの背中、大丈夫かい？」

「平気よ」マライアは彼を抱き寄せてもう一度キスをした。

ミラーは自分の脚にからみつくマライアの脚のなめらかさに、陶然として我を忘れた。彼女のTシャツを引っぱり、頭から脱がす。今度は彼女も抵抗しなかった。ミラーが見つめると、マライアはほほ笑み返して、彼のまなざしに体をさらした。

そんなふうに横たわっているマライアは信じられないほどセクシーだった。ブラジャーは白で、豊かな胸をストレッチレースが包み、ピンクの先端が誘いかけるように透けている。ミラーは初め、両手で彼女の乳房をおおい、やがてブラのレースの上から唇と舌で愛《あい》撫《ぶ》した。

マライアはあえぎながら彼を迎え入れ、熱い脚のあいだに彼の欲望のかたまりを意識した。

ミラーが彼女のショートパンツのボタンに手を伸ばす。マライアはミラーがボタンをはずしてパンツを引き下ろすままにさせた。ショートパンツはすぐに床の上のジーンズと一緒になった。

マライアは目を閉じた。さっきはあれほど進歩的な演説をしたのに、いま彼女は横たわって服を脱がされるままになっていた。そしてほとんど裸になったために体を縮めていた――ジョンは気に入らないのではないかと怖かったのだ。バービー人形とはほど遠いのだから。

やがてジョンの手が体をまさぐるのを感じた。彼が見つめているのがわかる。

「ああ、きれいだ」ミラーはかすれた声で言った。

そんなことはないと言おうとして、マライアは目を開けた。だが彼の目には炎が燃え、顔には心からの称賛が表れていた。彼は本気なんだわ。本当にいま見ているものを気に入ってくれたんだわ。

彼はセリーナのようなボーイッシュな体の女性に熱を上げる男ではなかったのだ。トレヴァーのようにしつこくダイエットを勧め、体重を落とさせて夫と同じ背丈に縮めようとする人間でもなかった。

ジョンはありのままの女が好きなんだわ。それも、百八十センチの背丈があって、豊かな――その身長にふさわしいプロポーションを持つ女が。

マライアは体を起こしてブラジャーのフロントホックをはずした。夜の闇《やみ》に隠れないところで、自分からすべてを男の目にさらすのは生まれて初めてだった。彼の目に浮かんだものを見れば、危険を冒しただけの価値はあった。

ミラーはマライアがやけどしそうなほど熱い笑みをちらりと浮かべ、彼女を引き寄せた。乳房に押しつけられたたくましい胸や、やわらかいおなかに触れる張りつめた高ぶりにめまいをおぼえ、マライアは彼とともにベッドにひざまずいた。激しいキスがマライアを揺さぶり、彼女は彼にすがりつく。そのあいだも、彼の手はマライアのパンティのレースの下へすべり、探るような指がそっとやさしく触れた。

マライアが目を開けると、彼と目が合った。

「避妊具を持っているって言ったね」

同時に彼女もきいた。「コンドームをつけてくれる?」

二人は笑い出した。

「取ってくるわ」マライアはそう言って、彼の腕から離れた。

ベッドサイドテーブルの引き出しをかきまわし、コンドームの箱をさがした。おばが〝すてきな休暇をすごしなさい〟という手紙つきで渡してくれたものだ。そのときはぐるりと目をまわして箱をスーツケースに放《ほう》りこみ、使うときがくるとは思いもしなかったが。

マライアが引き出しの底にあった箱を見つけたとき、彼が来て後ろに立った。ぴたりと体を押しつけ、両手で彼女の胸をおおい、うなじにキスをする。それはうっとりするような感触で――これから起こることをはっきりと予告していた。

マライアはこれ以上待てなかった。彼もすでに下着を脱ぎ捨てている。二人はどちらも裸になったが、マライアのほうはよりいっそう自分をさらしていた――ミラーに愛を告白したのだから。

マライアは彼の気持ちが愛ではないと知っていた――自分をごまかすつもりはない。でも彼の好意が本物なのはわかっている。それにマライアはいろいろな意味で、多くの人々が愛だと思っているあの短く熱い、すばやく燃え上がる理性のない炎より、確かな、おだやかな感情のほうが好きだった。

マライアはコンドームの包みをミラーに渡した。「これをつけて。そうしたら、横になって目を閉じて」

ミラーはかすかな笑い声をあげた。「何をするんだい？　〝圧力鍋《なべ》〟式解消法かな？」

マライアはやさしく彼をベッドに倒し、笑いをもらした。「そのうちわかるわ」マライアはこれからのひとときを、彼が忘れられないような体験にするつもりだった。「すぐ戻るわね」

彼女はローブをはおり、急いでリビングに入った。CDプレイヤーのコンセントを壁から抜き、目当てのCDを見つけ、両方を持って寝室に戻った。

彼は言われたとおり、ベッドにいた。息をのむほどすてきだ――黒い髪、日に焼けた肌の下のなめらかな筋肉。こんなに健康そうに見える人が、ほんの二、三週間前には病院で命にかかわる病気と闘っていたなんて嘘《うそ》みたいだ。

ミラーは肘をつき、マライアがプレイヤーをドレッサーに置いて、コンセントを差しこむのを見ていた。

マライアがCDをプレイヤーに入れるとき、あざやかな色のシルクのローブがはだけ、すばらしい肢体がのぞいた。

トルコブルーのシルクをひるがえして、マライアは彼のほうを向いた。「もう一つ」頬にちゃめっけたっぷりの楽しげなえくぼが浮かんだ。ベッドサイドテーブルには、スピーカーらしい小さな四角いものが置いてある。マライアがそれに触れてスイッチをいじると、流れる水の音が部屋を満たした。「滝よ」彼女はもう一度ほほ笑み、ローブを床に落とした。「目を閉じて」

マライアはCDプレイヤーのところへ戻り、スイッチを入れてボリュームを調整した。聞こえてきたのは音楽ではなかった。ミラーは耳を傾け、高性能のスピーカーから流れる音がなんであるか聞きとろうとした。

鳥だ。鳥の鳴き声だった。愛らしい、音楽のようなさえずり。

マライアはベッドの彼のわきに座り、かがんでキスをした。「さあ目を閉じて」

ミラーは目を閉じた。マライアが上にまたがり、もう一度キスをするのを感じた。乳首がなまめかしく彼の胸をかすめる。ミラーは全身が燃え上がったが、マライアを喜ばせたかったので言われたとおりにした。あおむけになり、じっと目を閉じて……。しかし彼女に触れないではいられず、両手でなめらかな肌を愛撫した。手のひらいっぱいにマライアの乳房をつかみ、彼女の喉からもれる息づかいを味わった。

やがてマライアがヒップを動かして、やわらかく熱く彼をおおった。ミラーはもう我慢できなかった。体を浮かし、さらに多くを求めて、彼女の中にみずからを沈めようとした。すぐに。いますぐに。

マライアはまた唇を重ね、彼はあえいだ。「マライア、お願いだから……」

彼女はふたたび体をずらしてミラーを受け入れ、彼はただ一度でベルベットのようになめらかなマライアに包まれた。

ミラーは彼女のヒップをつかんで、より強く突き進みながら、彼女が動かないでいてくれることを願った。もし彼女が動いたら、ミラーは自分を失ってしまうだろうと思った。それでは早すぎる。

だがマライアは動かなかった。そのかわり彼女はミラーにキスをした。彼女の唇がミラーの唇に、頬に、顎に、耳にやさしく触れる。

「あなたはいま、特別な場所にいます……」マライアはそっと言った。声には笑いがにじみ、息がミラーの耳に熱くかかる。「鳥が歌い、滝が流れています……」

ミラーが目を開けると、マライアはほほ笑んでいて、ウイスキー色の目が楽しそうにきらめいていた。

「この次あなたが目を閉じて、特別な場所にいる自分を思い浮かべてくださいって言われることがあったら、絶対にいまのこの状況を思い浮かべるでしょうね」彼女は強調するようにヒップをくねらせた。

ミラーは思わず笑った。そしてマライアにキスをした。彼女はゆっくり彼の上に乗ってきた。甘い時間を引き延ばすマライアの愛撫の一つ一つが、まさに天国そのものだった。

ミラーは手を伸ばして彼女を抱き寄せ、その乳房に口を近づけて、官能にふくらんだ先端を激しく吸った。

やがてマライアの動きが速まり、激しくなった。ミラーも彼女に合わせ、何度も何度も彼女を満たした。マライアが喜びの叫びをあげる。ミラーの全世界が、いま彼に触れて彼を愛しているマライアに集中したとき、時は歩みを止めた。ほかには何も存在せず、ほかに大切なものは何もなかった。

ミラーは彼女がクライマックスを迎えて大きく震えるのを感じると、彼もまたやわらかい胸に顔をうずめて境界を越えた。みずからを解き放った激流が彼をのみこみ、めくるめく高みへ連れ去った。

マライアはゆっくり、本当にゆっくりと、彼の上へくずれた。

狂おしさは消え、ミラーはぬくもりとおだやかさ、それに静かな安らぎを感じていた。そして、マライアのやわらかい髪が顔に触れていることに気づいた。彼女が満ち足りたように息を吐くたび、少し呼吸が止まる。

鳥のさえずり……水が誘いかけるように急な斜面を流れていく音……特別な場所。そう、ここは本当に特別な場所なのだ。

マライアが頭を傾けて、彼の首に唇を触れた。彼女は何も言わなかった。言う必要もなかった。彼女は僕を愛している。

本当に思いを寄せている相手と愛をかわすとは、こういうことなんだ。それがありふれたセックスを奇跡に近づけるのだ。

ミラーは、マライアもこの奇跡の不思議さを感じているだろうかと思った。

だが言葉にしてきいたりしなかった。どう言えばいいのかわからなかった。

だが、ミラー自身、彼女を愛していることをはっきりと確信した。


女はネガの箱を持って写真店を出た。

感じのいい店員は、彼女があの女の友達だとあっさり信じこんだ。

車に乗ると、彼女はふたを開けて中身を調べた。一枚ずつフィルムをフロントガラスにかざし、日光に透かしてみる。ビニール袋に入ったフィルムを二十ほど調べたところで音をあげた。

箱ごと全部焼いてしまおう。

彼女は箱の中に目を落とした。紙のアルバムがある――カラープリントを入れておくのに、ドラッグストアがくれるたぐいのものだ。彼女はほんの気まぐれでそれを取り出した。中に写真はなかったが、小さいネガが入っていた。

彼女はそれを光にかざし……。

あわてて次から次へと出してみた。

それは彼女の別の写真だった。あの女はほかにも写真を撮っていたのだ！

怒りに恐怖がまじる。ネガがあるなら、写真もどこかにあるはずだ。

戻らなくては。

彼女は深く息をつき、冷静になろうとした。たいしたことではない。こっちは連中よりも賢いのだ。写真は取り返せる。なんとしても取り返すのだ。証拠をつぶし、自分をこんな目にあわせたあの女を罰してやらなければ。

彼女の不安はすぐに楽しみに変わった。あの連中など手玉に取れる。難なくやってのけられるはずだ。それ以上のことだって……。

彼女は箱のふたを閉め、車のギアを入れた。やらなくてはならないことがたくさんある。本当にたくさん。

10

マライアはカメラのレンズをミラーに向けた。「笑って」

ミラーは彼女を見て笑い出した。「皿を洗っているところを撮りたいのかい?」

彼女はたてつづけにシャッターを切り、カメラから目を上げてほほ笑んだ。「違うわよ、ただあなたの写真を撮っているの。お皿洗いはどうでもいいのよ。ああ、初めて会った日に撮ったあなたの写真を現像しておけばよかった」

彼は眉を上げ、ふきんで手を拭《ふ》いた。「ええ? 僕が砂に突っ伏して倒れていたのに、きみはその写真を撮っていたの?」

マライアは吹き出した。「そうじゃないわ。最初にあなたを見たときに撮ったのよ――あなたがプリンセスとビーチにいたときに。あのフィルムはどうしたかしら。たぶんこのへんにあると思うんだけど。あの写真を比較のために見せたいの。ほんとにびっくりするわ。あなたはとても変わったもの。ずっと肩の力が抜けて、それに……幸せそうだわ」

「それは、僕が今朝、幸運をつかんだからさ」ミラーはマライアを引き寄せて、耳の下にキスをした。「こんな幸運にめぐり合ったのは生まれて初めてだよ。きみと出会って、僕は最高の幸せを手にしたんだ、マライア」

マライアは言葉も出ず、彼を見つめた。彼の目には好意と思いやりが浮かんでおり、もしマライアが理性をなくしていたら、それを愛だと思いこんだだろう。だが彼女は思い違いをしたくなかった。愛を望むことも願うことも、考えることすら避けていた。

電話が鳴り、マライアは邪魔が入ったことをありがたく思いながら、彼から離れた。

電話は病院からで、昨日かけた電話にいま返事が来たのだった。医者は彼女が普通の生活に戻ってもいいだろうと言ってくれた――あまり無理をしないかぎりは。

ミラーはカップにコーヒーのおかわりをそそぎ、電話で話しているマライアを見つめた。彼女の写真を撮れたらいいのに。マライアはシルクのローブ一枚の姿で、髪はベッドにいたせいで乱れたままだが、信じられないほどすてきだ――あたたかく、思いやりにあふれ、ミラーを満ち足りた気持ちにさせてくれる。二人で一緒に作り、やわらかい朝の光の当たるテラスで食べた朝食のように。

ミラーはごく自然に思い描いていた。毎朝マライアの美しい顔を目にして一日が始まり、夜は彼女のうっとりするような体に触れられたら……。毎晩家に帰り、彼女の甘いぬくもりと愛に、我を忘れて溺《おぼ》れられたら……。

彼は苦笑いを浮かべた。今回の捜査が打ち切られるのは時間の問題だ。しかし、自分が本名を隠していたなどという話を恋人に打ち明けるには、どういうふうに切り出せばいいのだろう？　どんなときに？　愛をかわしたすぐあとか？　それとも、静かなディナーのあいだ？　〝ところでね、ダーリン、きみは僕が誰か本当は知らないんだよ……〟

それに、偽名を使っているのは自分だけではない。正体を明かすというなら、マライアのほうでも話すことがあるはずだ。マリー・カーヴァー――アリゾナ州フェニックスにある〈カーヴァー・ソフトウエア〉の元社長。

ミラーはすでに彼女に関するファイルを調べていた。会社の業績は良好。横領の報告もなく、そんなことをする必要もない。マリー、すなわちマライアは、父親が亡くなったときに彼の所有していた株を相続し、彼女のもとで会社は業績を上げた。もう社長職を退いたとはいえ、マライアは依然としてかなりの株を所有している――いま売りに出せば、彼女の個人口座にはゆうに千五百万ドルの金が入るだろう。いや、マライアには横領をする理由はない。

だったら彼女は何をしているんだ？　偽名を使い、故郷から何千キロも離れたこんなところで？

ミラーは朝食のときにそれを探ってみた。誘導尋問をして、マライアが本当のことを言いやすいようにしたのだ。しかし彼女は仕事についてミラーがした質問を皆はぐらかし、話題はいつのまにかプリンセスのことになっていた。

マライアが電話を切ると、ミラーはもう一度試してみた。

「マライアっていうのはすてきな名前だね」彼はそう言い、カウンターに寄りかかってコーヒーを飲んだ。「きみのご両親はどうしてそう名づけたんだい？」

「本当は……」

いいぞ。今度は本当のことを打ち明けてくれそうだ。

「本当は、両親がマライアってつけたわけじゃないの」彼女は答えた。「祖母がつけたのよ」

彼女はミラーの手からマグカップを取ってカウンターに置き、両腕を彼の腰にまわした。マライアに抱きしめられると、そのうっとりするようなやわらかさにたちまち体が反応し、ミラーは目を閉じた。

「マライアっていうのは、祖母のそのまた祖母の名前なの」彼女はめまいがするほど甘美なキスのあいまに言った。「その人はここからそう遠くないところで生まれたのよ。ジョージアで、南北戦争前に。祖母の話だと、そのマライアは十二歳のころには、逃亡奴隷を助ける〈地下鉄道組織〉の熱心なメンバーだったそうよ。そのこともあって、わたしはガーデン島に来たの。彼女が生きていた場所を見たくて」

ミラーはジーンズしか身に着けておらず、マライアのシルクにおおわれた乳房は、彼の裸の胸に信じられないほどなめらかに触れた。ローブのベルトはとうにほどかれ、ミラーがローブの前を割るとたやすく開いた。彼は両手をすべらせてマライアのやわらかい肌に触れ、互いの体を押しつけ合った。

マライアに唇を彼女の唇へ引き寄せられると、ミラーはキスに酔いしれた。マライアの指がジーンズのボタンに触れるのを感じたとき、ミラーは現実とは思えないほどの高揚感に襲われた。この世にこんな幸福があるのだろうか？

マライアはふたたび彼を求めた。彼女がミラーを求める気持ちは、彼がマライアを求めるのと同じように、尽きるところを知らず、激しかった。互いにどうしようもないほど惹《ひ》かれ合っているのだ。

真実の、永遠の愛。

そんな言葉がどこからともなく浮かび、ミラーはそれを振り払った。愛し合ったあとに彼女を抱きながら感じたことなど、深く考えたくなかった。

ミラーがマライアをカウンターの上にのせると、彼女は進んで脚を開いた。そのあいだも彼はマライアにキスを続け、唇は彼女の首をたどって、たわわな胸へ下りていく。手はみずから欲望を解き放とうとジーンズへと動き……。

するとマライアが体を引いた。「ジョン！　コンドームをつけなきゃだめよ」

なんてことだ。もう少しで避妊具もつけないまま彼女の中に押し入ってしまうところだった――避妊のことなど一瞬も考えずに。

マライアは彼の顔に浮かんだ表情を見たとたん、興奮して体じゅうがほてっているというのに笑い出してしまった。彼ったら、本当に、かわいいくらい狼狽《ろうばい》しているわ。

「やめてほしいわけじゃないのよ。コンドームをつけてほしいだけなの」マライアはカウンターを下りながら体を押しつけ、彼のこわばりがおなかに当たってぞくぞくするのを楽しんだ。「取ってくるわ。ここで待ってて」

マライアの心臓は、廊下を寝室へ走るあいだもまだ高鳴っていた。ベッドサイドテーブルの引き出しは開いたままで、コンドームの箱はいちばん上にのっている。彼女がそれをつかんだとき、電話が鳴った。

彼女はすばやく電話を取った。「もしもし?」

「何度もご迷惑をかけてすみません、ミズ・ロビンソン、ジョンはまだそちらにいますか?」

あのアジア風の名字のダニエルだわ。

「あの、ええ、います」マライアは電話をキッチンに持っていった。「ちょっとお待ちください」受話器の口を手でおおって、彼に電話を渡した。「あなたによ。ダニエルから」

ミラーはジーンズのボタンをかけてから電話を受けとった——自分の格好がほとんど裸に近く、もう少しでセクシャルな満足を得るところだったのをダニエルに知られてしまうとでもいうように。

「僕だ」ミラーは受話器に向かって言った。「どうしたんだ?」一瞬マライアと目が合い、彼はほほ笑んだ。

マライアはローブを閉じ合わせておらず、彼女を見ているあいだにミラーの笑みは消え、目の青い色が濃くなった。ほかの女性なら彼の表情の真剣さに恐れをなしていただろう。

しかしマライアはその表情が好きだった。彼が自分を求めて熱くなっているのがうれしい。

マライアが近づくと、ミラーは薄いローブに手を入れて彼女に触れた。

「いつ?」ミラーは電話に向かって言った。そしてガス台の上の時計を見て、低く毒づいた。「そんなに早く?」また言葉がとぎれる。「ああ、わかった。すぐ行く」

ミラーはボタンを押して電話を切った。マライアは電話を受けとり、コンドームを彼の手に置いた。

彼はまた悪態をついた。「マライア、すまないが、行かなきゃならないんだ」

「ダニエルは五分くらい待てるでしょう?」彼女はジーンズのボタンをはずした。

「マライア……」

マライアはジッパーを引き下ろした。「三分なら……?」

彼女の手が触れるとミラーは低くうなり、激しく唇を重ねた。マライアはまばたきするまもなく、カウンターの上に倒れこんでいた。コンドームの包みを破る音がし、彼は一瞬体を引いたかと思うと、たちまちマライアの中に押し入ってきて、彼女は思わず息をつめた。

ミラーもくぐもった声をあげ、唇をつけたまま、猛々《たけだけ》しい狂ったような力で何度も何度も彼女の中へみずからを沈めた。それは荒々しく、野性的と言ってもいいまじわりだった。マライアは彼の背中に爪を食いこませ、さらに強く求めた。

息も止まるばかりのめくるめく心地だった。マライアはこんなふうに愛し合ったことはなかった。男性が自分のためにこれほど理性を失ったのは初めてだ。

ミラーは彼女のあらゆる場所に触れ、キスをし、愛撫《あいぶ》で燃え上がらせた。マライアはわずかのうちに喜びに乱れ、彼の名前を叫んだ。

マライアは、彼が解き放たれた瞬間のパワーを感じた。それはまるでロケットのように体を貫き、揺さぶり、マライアをさらなる快楽の高みへと押し上げた。

ミラーはマライアを抱きしめて彼女の首に顔をうずめ、二人は息を整えようとあえいだ。

「さあ、もう行かなきゃならないんでしょう」ようやくしゃべれるようになると、マライアは言った。「でも、夕食をごちそうするって言ったら、また来て同じことをしてくれる?」

ミラーは頭を上げて笑い出した。「夕食なんかどうでもいいよ」笑みがやわらいだ。「食事は何日だって抜けるけど、きみと愛し合わなかったらほんの二、三時間も耐えられない」

ミラーはやさしくマライアの頬に触れ、親指で唇をなぞった。まるで、そんな言葉をかけられると彼女がどれほど夢心地になるか、目でわかるとでもいうように。

そして鼓動も止まったかのようなひととき、マライアは彼も彼女を愛していると言うつもりだと思った。

だがミラーはこう言っただけだった。「七時には戻るよ」

マライアの目を見つめたまま、ミラーは体をかがめてやさしく唇にキスし、彼女を抱いてカウンターから下ろした。そしてもう一度キスすると、バスルームに消えた。マライアはそのあいだにローブを直してベルトを結んだ。

彼は廊下を戻ってきながら、Tシャツを身に着けた。

「急がなきゃ」ミラーはそう言い、立ち止まって彼女に唇を重ねた。短い触れ合いは、たちまち長く離れがたいキスに変わった。彼は低くあえぎ、力を振りしぼって彼女から離れた。「あとでまた会おう。いいね？」

「七時ね」マライアは答えた。

ミラーは引き戸のほうへ行き、ダイニングルームのテーブルのそばを通りかかると、突然立ち止まった。「あっ！」

「どうしたの？」

ミラーはテーブルに広げられていた写真を一枚、手に取った。それはマライアが安い使い捨てカメラでセリーナを撮ったカラー写真だった。「これはどこで手に入れたんだ？」

「わたしが撮ったのよ。二、三週間前に。どうして？」

ミラーのまなざしはマライアが見たこともないほど真剣だった。彼の目の青い色が濃く、冷たくなっている。

ミラーは短く、興奮したように何かつぶやき、それから言った。「すごい。すばらしいよ。ほかにも彼女の写真はある？」

マライアはじっと彼を見つめた。体の真ん中に鉛が入ったように気持ちが沈んでいく。なぜジョンはわたしがセリーナの写真を持っているかどうかを気にするの？ もしいまでも彼が……。だが、マライアはその考えを振り払った。

「あるわ」マライアは答え、テーブルに寄った。「なんとかセリーナに気づかれずに、四、五枚撮ることができたの。彼女は本当に写真うつりがいいわ。なのに、写真を撮られるのが嫌いなのよ」

「ああ、知ってる」ミラーはそう言った。彼は、一見でたらめに積んであるらしい写真をじっと見下ろしていた。まるで自分でその写真を調べたいのだが、マライアが分けたものをごちゃまぜにしてしまうかもしれないと思ってでもいるように。「ほかのはどこにある？ まだ持っているのか？」

もしいまでも彼がセリーナに熱を上げているのでなければ……。今度はマライアもその思いを抑えられなかった。

「このあたりにあるはずよ」マライアは答え、すばやく写真の束の一つをぱらぱらとめくって、余計な考えを断ち切った。ジョンはセリーナを求めたりしていないわ。彼が求めているのはわたしだもの。彼はそう言った――あの言葉は本当よ。もし嘘《うそ》なら、あんなふうにわたしと愛をかわせるはずがないじゃない。マライアはセリーナの写真をもう三枚見つけ出した。

一枚はブロンドのセリーナをほぼ真横から撮ったものだった。あとの三枚には、顔の四分の三、あるいは顔全体が写っている。

「これをもらっていいかい?」ミラーが尋ねた。

マライアは笑った。「冗談でしょ」

彼は不意に頼んだことの理不尽さに気づいた。ついさっき――ほんの数分前にはマライアと愛をかわしていたのに、いまはそのマライアに向かって、最近までデートしていた女の写真をくれと言っているのだ。

ミラーは首を振った。「きみが考えているようなことじゃないんだ」

「そう? だったら説明してちょうだい。本当はなぜなの? どうしてこの写真がほしいの?」マライアは喜んで彼の言い分を信じるつもりだった。もしかしたら、本当にちゃんとした理由があって、この写真をほしがっているのかもしれない。

だが、彼は首を振った。「この写真が必要なわけは言えないんだ、マライア。でも約束するよ。僕がこの写真をほしがる理由は、きみと僕のことにはなんの関係もない」

「この写真はあげられないわ」マライアは答えた。「ごめんなさい。セリーナはわたしが写真を撮ったのを知らないし……あなたにこれを持っていてほしくないの」

「わかった」ミラーはうなずいた。「いいんだ。わかるよ。ただ……僕を信じてくれないか?」

マライアは腕を組んだ。「遅れてしまうわよ。もう行ったほうがいいわ」

けれども彼はためらった。「もう少ししたら、何もかも話すよ」

マライアはほほ笑もうとした。「どういうことかわからないけれど、信じるわ。どんな話でもいいし、話したくなったらいつでも話してね」

「約束する」ミラーはじっとマライアを見つめた。その目には心の底からの驚きが浮かんでいた。「きっとすぐに話せるよ」だがそれからドアの外の灰色がかった青い空を見上げ、顔をしかめた。「しまった。日焼け止めを持ってこなかった」

ミラーがそう言ってマライアを振り向いたとき、彼女は彼の目に嘘の気配を感じとった。

「日焼け止めなしじゃ黒焦げになってしまうよ。もし持っていたら貸してもらえないかい?」

マライアは気づいていた。わたしが部屋を出ていったら、ジョンはあの写真を持っていくわ。わたしははっきり持っていかないでと言ったけれど。〝信じてくれ〟と、ジョンはそう言った。僕を信じてくれと。

マライアは咳払《せきばら》いをした。「ええ、寝室にあるわ。ビーチバッグの中に。取ってくるわね」彼女はその場を離れた。どうすればよかったのだろう？　彼を泥棒だとののしることも、日焼け止めを貸すのを断ることもできないなら……？　ああ、どうかわたしの予想が間違っていますように。

ミラーは、マライアが廊下を歩いていって寝室に入るのを見つめていた。

彼はすばやくセリーナの写真を二枚取った――横顔のと、真正面の写真のよく写っているほうを。そしてジーンズの後ろポケットに入れた。こんなことをするのはいやだった。マライアの許しもなく写真を持ち去るなど。だがこの写真があれば、セリーナ・ウェストフォードの追跡にどれほど役立つことか。これだけよく撮れた写真を全国の警察に送る指名手配書にのせれば、彼女がまた顔を変える前に発見できるかもしれない。

マライアが日焼け止めを持って戻ると、彼はすばやくそれを鼻と頬骨に塗った。

ミラーはもう一度、これを最後とマライアにキスし、そのキスで彼女に対する気持ちを伝えようとした。マライアの目には苦いものが浮かんでいたが、あたたかく、甘く彼に唇を重ねた。

「それじゃ、あとで」彼はドアの外へ出て、プリンセスが日陰で眠っているテラスに下りた。「おいで」犬に呼びかけた。「走るぞ。もう遅れているんだから」

ミラーは軽くジョギングをしながらビーチを進み、そばをプリンセスがはねるように走っていく。

ミラーはほんの数分前、我慢できずに味わってしまった喜びのせいで、足がふらつき、体がまだしびれているような気がした。

彼はふとコテージを振り向いてみた。マライアがテラスに立ち、こちらを見つめている。ミラーが腕を上げて振ると、彼女も振り返した。

スピードを上げながらミラーはほほ笑んだ。もちろん、パット・ブレイクとの会議には遅刻だろう。ダニエルが二度目の電話をしてきたとき、ブレイクの飛行機はもう本土にある小さな空港に着陸していたのだから。ブレイクの車は数分でリゾートホテルに入ってくるだろうし、僕は彼よりたっぷり五分遅れて着くだろう――シャワーも浴びず、ひげも剃《そ》らず、マライアと同じにおいをさせながら。

だがこの写真を出せば、見逃してもらえるはずだ。やがて真実を打ち明けたときに、マライアがすぐに許してくれればいいが。ああ、早く彼女に言ってしまいたい。そうすれば、そのときには彼女も偽名を使ってガーデン島に来たわけを話してくれるだろう。

ミラーはもう一度マライアの家を振り返ったが、今度は彼女の姿はなかった。

マライアは薄暗い暗室の明かりの中で、その朝撮った写真がゆっくりと現像されていくのを見つめた。あのおなじみの不安や苦痛が戻ってきている。この数カ月、あんなに努力して消し去ったはずなのに。

ストレスで肩が凝り、彼女は肩をまわして、声を出さずに自分流のマントラをつぶやいた。〝わたしは不安じゃない。わたしは悩んでいない〟

だがマライアは自分に嘘をついていた。彼女は不安だった。悩んでいた。

マライアが愛した相手は、嘘をついただけでなく、彼女のものを盗んだのだ。

印画紙から薬品を洗い流すと、ジョナサン・ミルズが写真の中からまっすぐほほ笑みかけた。その目はあたたかく、楽しげにきらめいている。マライアはじっとその目を見つめ、彼の不誠実さがレンズにとらえられているかどうかを読みとろうとした。だが、彼女に見えるのは、あたたかさとはじける生気だけだった。

キッチンで撮った写真は、二人が出会った日にビーチで撮った写真とはまったく違う。

マライアはあのときのフィルムを見つけ、先にそれを現像した。もうその写真は吊《つ》るされ、乾きかけている。ジョナサンのひどくやせた輪郭が、まぶしい空を背に浮かび上がっていた。彼の横顔には――苦痛がにじんでいる。彼は冷たく、よそよそしく見えた。でも、卑《ひ》怯《きょう》な人間には見えない。

マライアは自分が何を見つけようとしているのかわからなかった――たぶん、彼の目にのぞくずるさ。あるいは、見え隠れする悪意。でも世の中には、このうえなく卑怯な人間でも、全然そうは見えない人がいる。胃が痛み出し、彼女はもう一度肩をまわした。

マライアは再度ジョナサンの笑っている目を見つめた。ようやく友人の死を悲しむようになれたとき、安らぎを求めてわたしのもとに来たのはこの人。あんなにも狂おしくわたしと愛をかわしたのもこの人。セリーナではなく、わたしがほしい、と言ったのもこの人だった。マライアには、これが彼女に嘘をつき、彼女のものを盗んだ男と同じ人物とは思えなかった。

マライアは彼が帰ったあと、初めは写真の束を調べまいとした。とうとう誘惑に負けたときには、彼を信じられない自分がいやでたまらなかった。しかし彼を信じなかったのは正しかったのだ。写真が二枚なくなっていた。

電話が鳴り、マライアは地下に持ってきていたコードレス子機を取りながら、なかばジョナサンであることを願い、なかばそうでないことを願った。「もしもし?」

「ハーイ、背中の具合はどう?」FF現場主任のラロンダだった。

「もう痛みはとれたわ」マライアは答えた。「それに、今朝電話でお医者様からもう大丈夫だって言われたの。仕事に戻ってもいいって」

「神様は、ほんとにわたしを見守っておられるわ」ラロンダはメロドラマのようにおおげさに言った。「屋根大工が必要なのよ。熱帯暴風雨の〝オットー〟がウォッシュバートンの家をほぼ直撃しそうなの。強風に加えて大雨になるらしいわ。オットーが配線を水びたしにして家をだめにする前に、しっかりおおいをしておかないと。手伝ってくれない？電撃戦をやるのよ――いますぐ始めて、できるところまで。あなたにはなるべく長く働いてもらいたいの」

いつもそうなのだが、マライアは腕時計をつけていなかった。「いま何時？」

「もうすぐお昼よ。〝いいわ〟って言って。十五分でバンを迎えに行かせるから」

「支度するわ。でもラロンダ――」

「よかった！」

「わたし、七時には戻ってこなきゃならないの」

「ちゃんと送るわよ」

マライアは最後にジョナサンの写真を見てから、明かりを消し、地下の階段を上がった。そう、七時までには戻るのだ。そうすれば、そのときにはなんらかの答えが出るだろう。

11

マライアの家の引き戸は開いていて、スクリーンドアには鍵《かぎ》がかかっていなかった。

「マライア?」ミラーは呼んでみた。

答えはない。動くものもない。

家の中に入り、スクリーンドアを後ろ手に閉めた。笑い声と生命力でこの家を照らすマライアがいないと、部屋はみすぼらしくさえ見える。ミラーは静かにダイニングテーブルに近寄り、さっき持ち出して複製を作った二枚の写真を元の束に戻そうとした。マライアは写真がなくなったことも気づかないだろう。

理屈のうえではうまくいくはずだった。理屈のうえでは、マライアは彼のしたことを調べたりしないはずだった。だが現実には、彼女はそうしていた。セリーナのほかの写真がすべてその束から抜き出されている。マライアはミラーが写真を二枚持ち出したことに気づいたのだ。

たいしたことではない。ミラーは彼女にすべてを話すつもりだった――やっと話せるようになったのだ。パット・ブレイクをまじえた短い会議で、今回の捜査は公式に打ち切られた。いまこの時間にも、ダニエルはリゾートホテルで機器を梱包《こんぽう》している。

ミラーはさっきまで梱包を手伝っていた。七時のマライアとの食事に間に合うよう作業を終え、報告書を書くつもりだった。だがダニエルが会議で言ったことが気になりはじめたのだ。ダニエルは、これまでセリーナは写真を撮られないようひどく用心していたと言った。彼女はこの写真の存在を知っているのだろうか、と。

セリーナにこちらの正体を見破られた可能性がある。彼女は家の中の盗聴器を見つけ、僕がＦＢＩだと感づいたのかもしれない。

それとも、セリーナは写真を残してもかまわないくらいに、すっかり外見を変えるつもりで逃げたのだろうか？

あるいは、写真のことなどすっかり忘れていたのか？　彼女は家に盗聴器があるのを見つけ、おびえて逃げたのだろうか？　ならば、冷静になったとき、マライアが写真好きなのを思い出して、故意にしろ偶然にしろ、写真を撮られているかもしれないと気づくのでは？　だとしたら、セリーナは戻ってくるかもしれない。彼女が戻ってきたら、マライアの身があぶないのではないか。

ミラーはそう思って不安にかられ、マライアに電話をしてみた。が、彼女は出なかった。昼さがりの日差しをビーチで満喫しているのだろうと思い、梱包をダニエルにまかせ、車に乗って全速力でコテージに来たのだった。

「マライア？」彼はもう一度呼び、キッチンに行ってみた。

ピーナッツバターのびんが開いたまま、カウンターの上に置かれていた。最初に会ったとき、マライアは食べ物をキッチンに出しておくと虫が集まってたいへんなことになると言っていたのに。

パン屑《くず》ののった皿がそばにあった——彼女はそこでサンドイッチを作り、それを持って出かけたらしい。

どこへ行ったのだろう？　自転車は家のわきに立てかけてある。さっき来たときに見た。庭にも、ビーチにも彼女のいる気配はなかった。

ミラーは家の中を一まわりしてみた。バスルームには手早くシャワーを浴びたあとが残っている——濡《ぬ》れたタオルが床に落ちていて、そばに今朝彼女が着ていたローブもあった。歯磨きのチューブはふたが開いたまま、洗面台に放《ほう》りっぱなし。寝室はといえば、ベッドは整えてなく、シーツは二人が愛し合ったときのままくしゃくしゃになっていた。

ミラーはベッドの端に腰を下ろし、シーツの上にあおむけになった。目を閉じて、マライアの香水の甘い残り香を吸いこむ。彼女はこんなに急いでどこへ行ったんだ？

セリーナに会いにか？　僕があの写真を持っていったとセリーナに知らせに行ったのでは？

ミラーの頭にマライアの姿が浮かんだ――あるいは本名のマリー・カーヴァーといってもいい。彼女は三年前、アリゾナ州フェニックスにいた。そのころはセリーナもそこにいて、五番目の夫を殺す準備にかかっていたはずだ。彼女たちがそのとき出会っていたかもしれないと思ったとたん、とんでもない疑念がわいた。マライア――マリーは、共犯か、協力者のような役割をするためにガーデン島へ来たのだろうか？

ミラーは体を起こした。ばかばかしい！　ＦＢＩに長くいすぎたらしいな。どうしてマライアのことをそんなふうに考えられるんだ？　あんなにやさしく、思いやりに満ちたマライアを……。

地下は暗かったので、まだ調べていなかったが、彼はとにかく下りてみた。マライアが出かけた先の手がかりがあればいいのだが。

暗室に入るのは初めてで、ミラーはドアを開けて明かりをつけた。そこは小さな部屋で、壁に沿ってカウンターが作りつけになっていた。流しや、薬品やら何やらを置く棚があり、フィルムを保管する小型の冷蔵庫まである。さまざまな機器がカウンターに並べられ、なかには引き伸ばし機らしい大きなものもあった。

洗濯ロープのような紐《ひも》に何枚も写真が吊《つ》るされ、乾いて端が少しそり返っていた。ミラーは目を凝らした。写真に写っているのは彼だった。

写真は白黒だったが、それでも夕日の美しさはとらえられていた。だいたいの写真ではミラーもプリンセスもただのシルエットになっている。だが、何枚かはマライアがズームレンズを使って疲れのにじんだ顔をはっきり写していた。

しかし、ミラーの冷たく苦い顔ばかりの写真の真ん中に、一枚のクローズアップがあった。マライアが今朝撮ったなかの一枚だ。ミラーは彼女に向かって笑い、カメラに向かって笑っていた。

ミラーはその写真を見つめた。これは僕だ。マライアに写真を撮られたのはおぼえている。笑ったこともおぼえている。だが、自分のこんな表情を見るのは初めてだった。目は窓から差す朝の光をはじき、あたたかさと生気に輝くばかりだ。笑顔はあけっぴろげで、心から笑っている。〝ロボット〟と呼ばれる男には見えなかった。

僕はロボットじゃない。ミラーはそう気づいた。マライアがいてくれれば、僕はロボットじゃなくなる。僕は本物の人間だ。生きた、血の通った人間なんだ。心の底から何かを感じ――その気持ちを表すことだってできる。

ミラーは目をつぶり、思い出した。この二年間で初めて心を解放し、トニーを思って泣いたとき、マライアが抱いていてくれたこと。マライアと愛をかわしたあと、彼女を抱いていたときにわき上がった激しい感情……。

そんな男が、血の通った男が、マライアをあんなふうに疑うはずはないのだ。そんなふうに考えるのは〝ロボット〟だけだ――誰のことも信じられないのは。

マライアに戻ってきてほしい。彼女の力でもう一度本物の人間に生まれ変わりたい。ミラーはいまの自分を、彼女を疑ったりした自分を、恥じた。

もう一度だけ写真に目をやり、暗室の明かりを消して階段を上がった。裏口に鍵をかけたとき、砂利敷きの車寄せでタイヤの音が聞こえ、マライアではないかと正面の窓からのぞいてみた。

マライアではなかった。

車寄せに入ってきたのはセリーナの車だった。なんてことだ。彼女が帰ってくるなんて。ミラーは心臓が止まりそうになった。

見ていると、セリーナは彼の車の隣に駐車し、降りてきた。ミラーの車がそこにあることは気にしていないらしい――セリーナはマライアが彼と友人だと知っている。それにミラーはセリーナとすごしているうちに、彼女が自分の性的魅力に絶対の自信を持っていることに気づいていた。マライアがライバルになるなどとは思ってもいないのだ。

ミラーは玄関のほうへ行き、セリーナがベルを鳴らしたら外に出ようとした。だが彼女はベルを鳴らさず、ただスクリーンドアを開けて入ってきた。

「マライアは留守なんだ」ミラーは言った。「彼女の様子を見に寄ったんだけど。裏口が開いていたから、それで――」

セリーナが唇を重ねた。それはミラーの官能をかき立て、力を奪い、彼を情熱と欲望で幻惑し、ひざまずかせようとするキスだった。

だがミラーは嫌悪感を隠すのに必死だった。セリーナにはみごとなまでに不意をつかれてしまった。ミラーは彼女の手の動きに意識を集中した。突然、彼女が少なくとも七回、夫たちの心臓にナイフを突き立てたことが、実感をともなってよみがえったのだ。むろん僕は夫にはなっていないが、セリーナは僕がＦＢＩだと気づいているかもしれない。だが、もしそうなら、彼女がガーデン島に戻ってきたのは危険きわまりない賭《かけ》だ。

「わたしがいなくて寂しかった？」セリーナはささやいた。

「もちろんさ」ミラーは嘘《うそ》をついた。

彼女はキスしたときと同じように唐突に離れ、すばやく部屋の中をまわって、ダイニングテーブルの写真を見て立ち止まった。

「まあ、よかった」セリーナは言った。「マライアはわたしにくれるつもりで分けておいたんだわ。先週頼んでおいたから」

ミラーの見ている前で、セリーナは写真を四枚ともバッグに入れた。

「それで、かわいいマライアはどこに行ったのかしら？」セリーナは考えこんだ。「ドアのところに工具ベルトがないわ。世界を救いに出かけたのね。一度に一軒ずつ、ちまちまと」

ミラーは愕然《がくぜん》とした。ＦＢＩの腕利き捜査官ともあろう者が、マライアの工具ベルトがなくなっているかどうか、気づきもしなかったなんて。

「この廊下をバスルームから向こうへ行くのは初めてだわ」セリーナはそう言い、マライアの寝室へ通じる廊下に消えた。「この先は何かしら？　きっと寝室ね」

ミラーは彼女のあとを追った。「セリーナ、行っちゃいけないよ」

「なぜ？」

「プライバシーの侵害じゃないか」

「マライアは鍵をかけていかなかったんでしょ？」

セリーナは楽しそうに言い、マライアの乱れたベッドに座って、小さい寝室の中を見まわした。

ミラーは戸口のところに立った。「もう出よう」

彼はいっそ、セリーナの目に浮かんだ光の意味に気づかないほど鈍ければよかったと思った。彼女は僕を誘っている。僕をマライアの部屋で、マライアのベッドで誘惑しようとしているんだ。

「あなたのところに行ってもいいけれど」セリーナは後ろに両肘をつき、彼を見上げた。「でも正直言って、ここのほうが気が乗るわ。いまにもマライアが戻ってきてわたしたちを見つけるかもしれないと思うと、ぞくぞくするもの」

その考えにミラーは胸が悪くなったが、これこそ千載一遇のチャンスだということは否めなかった。セリーナに結婚を申しこめる機会をずっと待っていたのだ。

だが、こんな形でではない。

マライアとともにあれほどの喜びを見つけたこの部屋では。

しかしセリーナをホテルの部屋に連れていくわけにはいかない。いまはダニエルが機器を木箱につめているはずだ。それらの箱にはほぼ全部、はっきりと送り先を表示したラベルが貼《は》ってある。クワンティコ――FBI本部――と、大きな黒い、一目で公式のものとわかる文字で。

「ビーチを散歩しないか？」ミラーは言ってみた。

「この靴で？」セリーナは彼の手を取り、引き寄せて隣に座らせた。

マライアのベッドに。

セリーナを逮捕するのが僕の仕事なんだぞ。そう簡単に殺人犯をとらえられるわけがないだろう。仕事を好きになる必要はない。ただ黙ってやればいいいんだ。

ミラーはセリーナにベッドに押し倒されながら、マライアを裏切っているわけではないのだと思おうとした。もしマライアが帰ってきて、ほんの数時間前に愛をかわしたこのベッドで、自分とセリーナが抱き合っているのを見たらどう思うかなど、考えたくなかった。

セリーナはミラーに体をすり寄せ、彼はめまいとともに突然本当の気持ちに気づいた。

僕はこんなことを望んじゃいない。だが、どうすればいいんだ？　ダニエルとブレイクに、この事件からはずしてくれとでも言うのか？　ここまできて、そんなことができるものか。結局のところ、仕掛けはうまくいった――思いどおりセリーナを追いつめたのだから。

それとも、セリーナが僕を追いつめたのか？　ダニエルなら理解し、許してくれるだろう。だがブレイクはだめだ。彼はとうとう僕がおかしくなったと思い、精神鑑定を受けさせるだろう。組織の分析医は、僕が狂っていると気づくに違いない――マライアへの恋に狂っていると。

ミラーがまさにセリーナを押しのけようとしたとき、彼女が口を開いた。

「お願い……」

セリーナはそう言いながらミラーの顔や首にキスを浴びせ、彼の体にまたがって、頭を沈めた。金色の髪がミラーの口に入る。

「お願い、ジョン。あなたがわたしを求めているのはわかっているわ、ダーリン。でも結婚するまで待って」

ミラーはあっけにとられた。あやうく吹き出してしまうところだった。いま体の上に乗っているのはセリーナではないか。自分から誘っているくせに、彼女のせりふときたら、誘惑されたうぶな小娘のようだ。これまでさぞよく効いた手なのだろう。ミラーは一度も――どんな話のときも、結婚を口にしたことなどないのに、セリーナはまるで何週間も話し合ってきたかのような口ぶりだ。

「ねえ、ダーリン」セリーナがささやいた。「ラスベガスへ行きましょう。今夜じゅうに結婚できるわ」

お安いご用だ。断る道理はない。さんざん苦労して彼女を追ってきたのだ。

それでも、ミラーはためらった。マライアがどんなに傷つくだろう。

だがセリーナの申し出を拒否すれば、彼女の次の犠牲者——必ず次の犠牲者は出る——その人間の写真が机の上に置かれたとき、自分はその死を食い止められなかったことを悔やむだろう。その次も、さらにその次も。自分はセリーナを止められたはずだ、と。そんなことには耐えられない。

「飛行機を予約するよ」ミラーはセリーナに言った。

そんなことはしたくない。しかし、選択の余地はないのだ。

12

マライアは電話の音を聞きつけ、テラスの階段を二段飛びで駆け上がった。

きっとジョンだわ。昨日の夜、留守番電話で食事をキャンセルした理由を言いに、かけてきてくれたのよ。

彼の不眠症は伝染するらしい。マライアは昨夜はほとんど、姿勢を変えたり寝返りを打ったりするばかりで――あるときは悲しくてたまらず、またあるときは心配になり、だまされたのかもしれないと不安におびえていた。

留守番電話が作動する前に電話を取ろうと、マライアは引ったくるように受話器をつかんだ。「もしもし?」彼女は息を切らして言った。

「ああ、よかった。いたのね」セリーナだった。「わたしの新しい家を見に来ない?」

マライアは心の中で悪態をついた。「いまちょっと都合が悪いの――」

「あなたのところからすぐ上の高台の家を借りたのよ」セリーナは言った。

「あの大きな家?」

「あなたのところとくらべたら、大きいかもしれないわね」

「セリーナったら、あそこは大邸宅じゃない。よく借りられたわね」

セリーナは声を低めた。「あら、ほんの短いあいだだけですもの。契約と契約のあいまが一週間半だけ空いていたのよ。とても高いの。でもハネムーンだし——」

「なんですって？」

「ゆうべ、ラスベガスへ行って結婚したの」セリーナは鈴を転がすような笑い声をあげた。

「ちょっと急だったけれど」

結婚。セリーナが結婚した。ああ、まさかジョンと？　そんなはずはないと思って体が熱くなったが、すぐに冷たい恐怖に襲われた。「その幸運な男性は誰かしら？」マライアはなんとかさりげない口調で言った。

セリーナはまた笑っただけだった。「驚かせてあげるわ。家へ来て彼に会ってちょうだい」

セリーナの新しい夫がジョンだなんて、そんなことはありえないわ。彼がそんなことをするなんて。あの人はセリーナではなく、わたしがほしいと言ったのよ。セリーナとは寝ないって約束したわ。もちろん、セリーナと結婚しないとは約束しなかったけれど……。

「セリーナ、誰なのか教えて」

「自転車に乗れば、三分もかからないで来られるでしょう」セリーナはそう言い、声が笑いにはじけていた。「それじゃあとでね」

マライアは受話器を見つめた。電話の切れた音がする。彼女はののしりの言葉をつぶやき、受話器を置いた。

行ってみよう。セリーナの結婚した相手がジョナサンではないと確かめなくては。きっとどこかの老人で、まばたきもせずに何百万ドルもの小切手を振り出せるような人だろう。いいことじゃない。セリーナが結婚してくれたなら、ジョンの時間や注意を独占しようとして、あんな美人と争わなくてもよくなるんだもの。

ただしそれはもちろん、ジョンが出かけた先から帰ってきたときの話だ。それに、彼があの写真を持ち出した理由をちゃんと話してくれたうえでの話でもある。


「何を見ているの？」

ミラーは振り返り、豪華な高い天井のついた、正式なダイニングルームの戸口に立っているセリーナを見やった。「ちょっと……窓からの眺めはどうかなと思って」

セリーナは木立の向こう側を指さした。「ほら。マライアのコテージの屋根が見えるわ」

ミラーはうなずいた。彼はそれを見ていたのだ。こんなにマライアの近くにいることになるとは思わなかった。だがセリーナは結婚する前の朝に、この途方もなく巨大な、現代建築の見本のような家を借りてしまっており、ハネムーンにはどうしてもここへ帰ると言って譲らなかったのだ。

ミラーはラスベガスに滞在するものと思っていた。どこかのカジノから公衆電話でマライアに連絡し、すまないが仕事で街を出なければならなくなったと伝えるつもりだった——二、三週間は戻れないだろうと。セリーナとの偽りの結婚を、マライアに知られずにすませたかった。

だが、セリーナはラスベガスをいやがった。彼女は島へ戻ると言ってきかなかった。そのことで言い争いはしたものの、彼女に疑われてはまずいと思い、ミラーは結局は譲らざるをえなかった。

もちろんそれは、そもそもセリーナに疑われていないとしてのことなのだが。

「わたし、この部屋が気に入ったわ」セリーナはそう言い、パーティーサイズのテーブルをまわった。「ディナーパーティーを開きましょうよ」

「いいね」

セリーナは彼に近寄り、両腕を腰にまわして、後ろから抱きしめた。「それとも、二人だけのパーティーがいいかしら」

ミラーはいかにもそう思っているように答えようとした。「そっちのほうがずっといいな」そう言ってセリーナの腕から離れた。「ねえ、セリーナ、今朝医者に電話してみたんだよ。医者が言うには、あと二、三カ月かかるらしいんだ。僕が……普通の体に戻るには」彼はわざと咳払《せきばら》いをした。「わかっているだろう……？」

ミラーは昨夜――初夜の晩――セリーナに、化学療法が終わったばかりで、まだ副作用がいろいろ残っているのだと話した。性的なまじわりができなくなることもその一つだ、と。ミラーは、それは一時的なものだと言い、もっと早く打ち明けなかったことをセリーナに詫《わ》びた。

彼女はさして取り乱さなかった。

二人はクラシック映画のケーブルテレビで、古い映画を見て夜をすごした。セリーナがぐっすり寝入ったあとも、ミラーは起きていた。胸に冷たい鉄の刃《やいば》を突き立てられて目がさめるなどごめんだった。あるいは、永久に目がさめなくなるのも。

「結婚のお祝いにあなたにねだるものが決まったわ」セリーナは言った。

「そうかい？」今度はミラーも彼女を腕に抱き、額に軽く唇を触れた。どうにかほほ笑みかける。

「ええ」セリーナは答えた。「この家よ。売りに出ているでしょ」

いい兆候だ。これまでのパターンでいくとセリーナは、夫に小切手か、彼女の個人口座へ資産の移動を頼むはずだ。そして祝いの贈り物には、夫からもらった金で彼女自身が家を買うというスリルも加えてほしいと言うだろう。

「明日一番にブローカーに電話するよ」ミラーは言った。

「でもわたし、この件は自分で交渉してみたいの。小切手を書いて、自分の口座から大きなお金を引き出してみたいのよ」

ミラーはもう一度彼女にキスをした。いかにも仕方ない人だねというように。「それで喜んでもらえるなら、きみの当座預金にじゅうぶんな金額を移すだけにするよ」

セリーナはまた彼に唇を重ねた。

「あっ！」

戸口のところで物音がし、ミラーがセリーナの唇から顔を上げたとたん、マライアの大きく見開かれた目と目が合った。

マライアの自転車用のヘルメットが固い木の床に落ちて、くるくるまわっている。

「あら、いらっしゃい」セリーナが言った。「変ね、ベルの音が聞こえなかったけれど」

「ドアのところに、中へどうぞってメモがあったわ」マライアはミラーを見つめたまま答えた。なんとか平静な声を保っていた。

「こういうことになるなんて、驚いたでしょう？」セリーナはうきうきと言い、ミラーの手を取ってマライアのほうへ引っぱった。「ジョナサン・ミルズ夫妻というわけよ。信じられる？」

「いいえ」マライアは頭を振った。「信じられないわ、本当に」そこで笑い出し、ミラーが見つめるあいだに、彼女の目に浮かんだ激しい苦しみは軽蔑《けいべつ》に変わった。「でも、ああ、信じられるかもね。信じられるってことが悲しいけど。ごめんなさい、もう失礼するわ」

マライアは床からヘルメットを拾い、階段へ向かった。

セリーナはマライアのあとを追った。「マライア、家の中を見たくない？」

「いいえ」マライアは答え、その声が三階の高さがある入口通路に響いた。「いいえ、セリーナ、お宅を拝見するのは結構よ。ほんとにおめでとう。でも、あなたのご主人が約束を守らない人だってことだけはおぼえておいて。そうすれば大丈夫よ」

「どういう意味？」セリーナは悲しげに言った。

ミラーはダイニングルームの外の小テラスに出る引き戸を開けた。そこの階段は下の主寝室のテラスに通じ、さらに地上へつながっている。彼はすばやく階段を下り、自転車に乗ろうとしていたマライアに追いついた。

「あなたと話すことなんかないわ！」マライアはぴしゃりと言った。

ミラーは自転車のハンドルをつかみ、彼女を行かせまいとした。「ああ、そうだろう。でも僕のほうには話がある」

マライアは怒りのあまり、ヘルメットを地面に投げつけた。「あらそう？　どんなこと？　いったい何を話すっていうの？」

「マライア、どういうことなのか、いまは言えないんだ。でも、頼むから僕を信じてくれないか。信じてくれなければ――」

マライアは自転車を彼から引き離そうとした。「わたしにはなんの義務もないわよ。それに、あなたのことなんか二度と信じるものですか。この卑怯者《ひきょう》!」

ミラーは自転車をぐっとつかんだまま、声を抑えて早口に言った。「マライア、よく聞いてくれ。この島を出るんだ。行き先はどこでもいい。とにかく一週間か二週間ここを離れて――」

マライアはそっけない一言でさえぎり、彼がぼうぜんとしたすきに、自転車をもぎとった。

立ち止まって振り向くと、彼の目には胸が張り裂けそうな苦しみがのぞいていた。

「あなたを愛したのが間違いだったのよ」マライアは小さくつぶやいた。

ミラーはマライアが遠ざかるのを見つめながら、彼女を追って叫びたくなるのを、歯を食いしばってこらえた。

やがて家のほうを振り向くと、目の端で何かが動いたように見えた。ミラーはダイニングルームのテラスを見上げ、不安を抱いた。セリーナはあそこで、僕たちを見ていたのか？　だとしたら、何か気づかれてしまっただろうか？

面白くなってきた。思っていたよりずっと面白い。あの二人のあいだには何かある。何か強いものが。あの女の取り乱し方からすると、二人が関係を持ったのは確かだ。ばかな女。男はみんな豚だってことを知らないのだろうか？

あの女は死ななくてはいけない――毎日撮っていたあのくだらない写真全部と一緒に、溶けてしまえばいいのだ。

そして彼は……。勝手に見張らせておこう。彼の醜い魂を、もっと醜い体から引き離してやるまで。そう、これは面白くなってきた。


マライアは地下室に立って、皿を壁に叩《たた》きつけていた。

こうすれば気が晴れるはずだ。一枚皿を投げるたびに、怒りと悲しみを発散させる。一枚投げるたびに、狂ったように怒りの叫びをあげる。

マライアの声はかすれ、皿を投げる腕に痛みが走った。だが彼女はやめなかった。心があった場所にできたこの傷に、いつかはかさぶたができるようにと願いながら……。

高台から戻る途中、自転車で転び、肘と両膝をすりむいてしまった。だが彼女は泣かなかった。泣きたくなかったのだ。

ジョナサンは約束を破った。

きっと、約束をしたときも守る気はなかったんだわ。わたしのことなどなんとも思っていなかったのよ。確かに彼はわたしと愛をかわしたけれど――いいえ、愛をかわしたんじゃない。セックスよ。あれはただのセックスで、わたしには二度と会わないつもりだったんだわ。あのときにはもうセリーナと結婚することになっていたのよ。

皿がまた一枚壁を打ち、千のかけらに砕けた。まるでマライアの心が壊れたように。

これ以上涙を抑えていられなかった。マライアは地下室の床にくずれ、泣き叫んだ。

「聞こえるか？」ミラーは花瓶に向かって言いながら、右耳につけた小型の受信器を調節した。

「ええ」ダニエルが家から四百メートルほど南に離れた場所で応答した。「寝室に移る前に、ダイニングルームの分をもう一度チェックしましょう」

ミラーは豪華なダイニングルームへ入っていった。そこには、ほとんど見えないくらい小さな盗聴器をいくつも取りつけてあるのだ。

彼は部屋の中央で立ち止まった。「聞きとれるかい？」

「はっきり聞こえます」ダニエルの答えが返ってきた。「ちょっと待ってください。こいつの周波数を調整しますから……。これでよし」

ダニエルが車に積んだ機器は、一見ただの複雑で高価な車用ステレオにしか見えない。そのプログラムは信じられないほど複雑で——ダニエルがそっちを受け持ってくれたのは助かった。

ミラーは今夜、耳に入れる受信器はつけないつもりだった。セリーナに気づかれてしまう恐れがあるから。

「なあ、今夜は僕がここにいても安全なはずだろう。きみはホテルでのんびり盗聴していてかまわないんだぞ。銀行がセリーナの口座に金を移すまでは、彼女だって何もしやしないさ」ミラーはダニエルに言った。

「ええ、わかっています」ダニエルは答えた。「ただ近くにいたほうがいいような気がして――もう少しだけでも。なんだかいやな予感がするんです」

「嵐《あらし》が来ているせいさ」ミラーは言い、窓辺に寄って海を見た。水平線に黒い雲が集まっている。

「ええ、たぶんそうでしょう」ダニエルが返事をした。「なんにせよ、僕はここでコーヒーをがぶ飲みしながら、あなたがたの話を聞いていますよ。ですから、聞かれたくないことは、言うのもやるのもやめておいてください」

そんなことは簡単だ。気がつくとミラーはマライアの家の屋根を見ていた。彼女はいまあの家で、僕の写真を全部細かいかけらになるまで引き裂いているのだろうか？　それとも寝室で、服やCDや、本物の滝のような音を出した小さなスピーカーを荷造りしているだろうか？

「ミセス・ミルズは戻りましたか？」ダニエルが尋ねた。

ミラーははっと我に返り、家の中の物音に耳をすました。セリーナがビーチを散歩してくると言ったとき、彼は一緒に行かなかった。疲れているからと言い訳したのだが、本当は盗聴器を取りつけ、テストするチャンスがほしかったのだ。

ミラーは腕時計を見た。セリーナが出ていったのは十五分前。そろそろ戻ってくるかもしれない。

「いや、その、ちゃんと彼女を見張っていなかったんだ」ミラーは正直に言った。

ダニエルの側からは、長い沈黙が返ってきた。「ジョン、気を引きしめてください」彼はようやく言った。「でなければ――」

ミラーは咳払いをした。「なあ、ダニエル、マライアのところへ行って、この島を離れるようにしむけてほしいんだ。頼めるか？」

「それならもう大丈夫です」ダニエルは言った。「あの家の電話を盗聴して、彼女がかけた電話を聞いていたんです。万一彼女が、結婚前夜にあなたと夜をすごしたことをセリーナに言いでもしたら、偽装工作がだめになってしまうと思ったので」

「早く要点を言えよ」

「つまり、彼女は島を離れようとしているんです。今晩タクシーを予約したのを聞きました。七時です。大きなトランクのあるタクシーを頼んでいました。配車係に荷物がたくさんあるからと話していましたよ」

「よかった」ミラーはほっとして目を閉じた。マライアが島を離れる。もう彼女の安全を心配しなくてもいい。セリーナが、狙《ねら》った獲物以外の人間を傷つけることはまずないだろう。だがそれでも、マライアが島を離れれば、ミラーはずっと気持ちが楽になる。

しかし、心配することはやめても、マライアを思うことはやめられない——それに、真実が明らかになったとき、彼女の心の傷をいやせるだろうかと案じることも。

13

稲妻が空を横切って枝分かれし、雷鳴がとどろいたとたん、明かりがまたたいて消えた。マライアは船乗りのような悪態をついた。トースターのそばにろうそくがあったのを思い出して、手探りでキッチンに行く途中、スーツケースにむこうずねをぶつけてしまったのだ。

ろうそくはかなり短くなっていた。もってあと一、二時間というところだ。キッチンの時計は五時三十七分で止まっていた。運がよければ、ろうそくが燃えつきるまでにタクシーが来るだろう。

マライアはやわらかく光るろうそくの灯を持って階段を下り、暗室へ入った。荷造りが終わっていないのはそこだけだった。

暗室を見渡し、写真用の器具に目をやる――それに、ずっと前に乾いたジョナサンの写真にも。

涙が目にあふれ、マライアは自分にうんざりして頭を振った。もう涙は出つくしたはずなのに。この涙はただの残り物――地震のあとの揺り返しのようなものよ。

　雨が屋根を叩《たた》いている。マライアはウォッシュバートン夫妻の家を思った。彼女は二十人近くのボランティアたちと一緒に、昨日の午後じゅうかかって屋根を葺《ふ》いた。全員が一丸となって働き、皆この仕事をやりとげようと頑張り、みごとやってのけたのだ。ガーデン島を去れば、あの家ができ上がったところを見られない。新築祝いにも行けないし、フランクとロレッタのウォッシュバートン夫妻が、友人やＦＦの働き手たちを家に招くとき、二人の目に喜びと誇りの涙があふれるのを見ることもないのだ。

　この島を出れば、せっかく得た友人たちや、あんなに親しくなった作業チームとも別れなければならない。

　なぜわたしが出ていかなくちゃならないの？　ジョナサン・ミルズがわたしの近所に住みたくないなら、彼こそ出ていけばいいじゃない。

　雷鳴がとどろき、マライアはできもしないことを考えているだけだと気づいた。どうしようっていうの？　ジョンとセリーナの家へ乗りこんで、二人のハネムーンを邪魔したあげく、出ていけとでも言うつもり？

　いいえ、そんなことはできない。でも、ここにとどまって、一人閉じこもっていることもできないわ――ジョンかセリーナの車が通るたびにみじめな思いをするのも、ビーチで二人に会わないかとおびえるのも、いまでも彼を求めていることを思い知るのも……。

マライアはまだ彼を求めていた。

ジョナサン・ミルズは卑怯者《ひきょう》だ。彼が悩みを抱えていることも、ひどい悪夢にさいなまれていることも、死ぬかもしれない病と向き合う重圧に苦しんでいることも――どれ一つとして、わたしと愛をかわした次の晩にセリーナと結婚した言い訳にはならない。

それなのに、わたしはまだ彼の感触を恋しがっている。なんてばかなのかしら。

ため息をつくと、マライアはろうそくの明かりで暗室の備品を荷造りし、持っていくものと置いていくものを分けていった。

ジョナサン・ミルズの写真はごみの缶に投げ入れた。あれは絶対に置いていかなければならない。


「わあ、豪華だな」ミラーはろうそくに照らされたダイニングルームに入って言った。

セリーナが料理の腕をふるい、重い木のテーブルの端には豪華な陶器の皿がセッティングされていた。ワイングラスがいくつも並び、銀器は引き出しごと出してきたかのようだ。サラダフォーク、海老《えび》のカクテル用フォーク、ディナーフォークに、デザートフォークまである。

ミラーはふと疑念を抱いた――彼女は本当に今夜、デザートを出してくれるのだろうか。それとも、何かもっと恐ろしいものを袖《そで》の中に隠しているのか？

しかし、セリーナの服に袖はなかった。彼女が着ているドレスは黒で、袖はなく、いつの時代にも合うシックなものだった。首につけた、いかにも清純そうな真珠のネックレスが、装いを完璧《かんぺき》に仕上げている。

「運よく、ガスレンジがあったの」

セリーナはそう言いながら、ワインのデカンタを開けて、二脚のワイングラスにそれぞれついだ。

「でなければ、マクドナルドにダブルチーズバーガーを買いに行かなくちゃならなかったわ」彼女はミラーにほほ笑みかけた。「だけど、それではだめなの。わたし、この食事は……特別なものにしたかったの」

特別なもの。ブラック・ウィドーの手口――彼女の手口は、夫に豪華な食事を出し、夫が抵抗できないように薬を盛って、メインディッシュの直後に心臓を突き刺すことだ。

緊張しすぎだぞ。まだ早すぎる。セリーナは金を手に入れるまで、僕を殺したりしないはずだ。

「正餐《せいさん》をとるなら、そう言ってくれればよかったのに」ミラーはダニエルに聞こえるように言った。「それならディナーにふさわしい服を着てきたよ」

セリーナは彼にワイングラスを渡した。

「乾杯しましょう。ね？」

その瞬間、ミラーは自分が間違っていたことを知った。セリーナは彼のグラスに赤ワインをついだ。ワインの香りは甘すぎ、グラスの中の液体は濃すぎる。阿片《あへん》だ。彼女はワインに阿片をまぜて、飲ませようとしている。いまこの瞬間に。一ペニーも取らないうちに、僕を殺そうとしているのだ。

「今夜は赤ワインは飲みたくないな」ミラーはそう言って、テーブルにグラスを置いた。

セリーナは彼にほほ笑んだ。「お芝居はやめましょう」

彼女はグラスを置き、いつのまにか銃を手にしていた。ゲームのルールはすべて変わろうとしている。それも、急速に変わっているのだ。

「それは銃かい？」ミラーは言った。

セリーナは笑った。「ええ、銃よ」彼女はわずかに声をあげた。「聞いている、ダニエル？　それとも聞いてないかしら。たぶん聞いていないわね。聞こえないのよね。きっとあなたや、あなたのパートナーより利口な人間がいて、あなたがお手洗いに行こうとして待機していた車から出るのを待っていたのよね。そして、そのもっと利口な人間は、あなたが徹夜するために飲んでいたコーヒーを甘くして――お砂糖じゃないもので甘くしてあげたんだわ。いまごろはハンドルに突っ伏して、昏睡《こんすい》状態に陥るところね。最後には呼吸が止まるわ。かわいそうに。そんなに若くして死ぬなんて……」

ミラーは彼女に一歩近づいた。セリーナは銃を持ち上げ、真正面から彼の頭を狙《ねら》った。

「テーブルにつきなさい」セリーナは命じた。「両手は見えるところに出しておいて」

ミラーはゆっくりと座った。座るのは都合がいい。ブーツに隠した銃に手が近くなる。

「両手をテーブルに置いて」

彼女がもっと近くへ来たら、まっすぐ頭を狙うのをやめてくれたら、銃を手にできるかもしれない。

しかしセリーナは用心深く距離を保っていた。彼女の狙いは確かで、両手はぴくりともしない。窓の外では稲妻が光り、雷が咆哮《ほうこう》していたが、セリーナは気にするふうもなく、その凍りついたような姿には鬼気迫るものがあった。

だがいずれは相手になってやる。絶対にダニエルを死なせはしない。絶対に。

「ワインを飲みなさい」セリーナが命じた。

「いやだ」

「おかしなこと。イエスかノーかきいたわけじゃないのよ」

「飲むものか」

セリーナは片目をつぶって狙いをつけ、銃を撃った。

腕を貫いた弾丸の衝撃で、ミラーは椅子から転がり落ちそうになった。セリーナが僕を撃った。彼は信じられないという思いを抑えながら、撃たれたまま椅子ごと後ろに倒れ、床に転がってブーツの銃を抜こうとした。だがセリーナは銃で彼の頭を狙ったままテーブルをまわり、つけ入るすきもない。撃たれた腕の痛みが全身を貫き、ミラーは鋭くののしりの言葉を吐いた。

「立って！」どこから出したのか、セリーナは手錠を持っていた。「座りなさい。両手を後ろにまわして」

ミラーは別の椅子に座った。左腕から血が流れ、激痛が襲う。セリーナの銃はまたしても彼の頭をぴたりと狙っている。ミラーはもはや、彼女が本気であることを疑わなかった。弾が脳を撃ち抜いたが最後、ダニエルのことも誰のことも救うことはできない。マライアも。

ミラーは一瞬目を閉じ、マライアの無事を祈った。彼女は七時にタクシーに乗り、島を離れるはずだ。いまが何時かわからないが、たぶん七時近くだろう。ああ、頼むから無事に逃げきってくれ……。

ミラーはセリーナが手首に手錠をかけるのを感じた。彼女は椅子の背に銃口をつけながら、もう片方の手首にも手錠をかけた。

次にミラーは、うなじの髪を軽く引っぱられるのを感じた。彼女が髪を一房切っているのだ——たぶん、形見のつもりだろう。記念品というわけか。おそらく、夫たち全員の髪をコレクションしているはずだ。それを見つければ、セリーナを一連の殺人に結びつける証拠になる。

セリーナはテーブルに銃を置き、保温蓋《ほおんぶた》の一つを持ち上げた。皿の上にローストチキンはなく、注射器が一本、つけ合わせのパセリに並べて置いてあるだけだった。

「モルヒネよ」セリーナは言った。「これであなたの腕もずいぶん楽になるでしょう。そうね、五分もすれば……」彼女はミラーの後ろへまわった。

彼は冷たい金属の銃身がうなじに押しつけられるのを感じた。

「少しでも動いたら撃つわよ」

セリーナは彼のシャツを引っぱり、すばやく背中に針を突き立てた。

くそっ。注射器をよく見ていなかった。どれだけモルヒネを打たれたのかわからない。が、おそらく体が麻痺《まひ》する程度の量で、死ぬほどではないだろう。セリーナは鋭いナイフで突き刺すのを楽しみたいはずだ。

ミラーは彼女がテーブルの向こう側へまわるのを見つめた。荒れ狂う空に背後から照らされたセリーナは、楽しくてたまらない様子だった。

五分。彼女はそう言った。五分すれば、僕はうすのろのようによだれを垂らすだろう――セリーナのこれまでの夫たちと同じように。

だが、そうならないでいられるかもしれない。必死に持ちこたえ、薬の眩惑《げんわく》に抵抗できるかもしれない。僕が無力で、何もできないとセリーナに信じさせるんだ。そうすれば、きっと彼女を油断させ、打ち負かせられる……。

「ああ、そうだわ、あなたにちょっとしたお楽しみを用意しておいたの。モルヒネが効く前に言っておくわ。これから何が起きるのか、あなたにわからなければ面白くないもの」彼女は言葉を切った。「聞いている?」

「聞いてるよ」

セリーナはにっこり笑った。「マライアの家の地下室に爆弾をしかけたの。彼女が撮ったあのやっかいな写真――ネガを預け先から取り出したとき、彼女がわたしに嘘《うそ》をついていたことがわかったのよ。マライアったら、わたしが気づかないうちにずいぶんたくさん写真を撮ってくれたものだわ。だから、彼女の暗室にある、とても燃えやすい薬品の隣にそのネガを置いてきたの。そうすれば、みんな燃やしてしまえるでしょう。写真も、ネガも、写真を撮った人間も」

死の冷たい指がミラーの心臓をわしづかみにした。「嘘だ!」

「心配しないで、ダーリン、さっきのモルヒネが苦しみをやわらげてくれるわ」セリーナは腕時計に目をやった。「タイマーは六時半にセットしてあるの。あと六分。あなたの座っている場所から、すてきな炎が見えるはずよ」

「セリーナ! やめてくれ!」ミラーの声は、彼自身にさえ、ざらついて聞こえた。「マライアは何も知らない。本当だ。彼女を巻きこむのはやめろ」

「もう遅いわ」

「いや、まだ間に合う。彼女に電話するんだ。電話して、家から出ろと言ってくれ。きみが始末したいのはあの写真だけだろう。彼女を殺さなくてもいいはずだ！」

「まあ、驚いたこと。本当に心配しているのね？　だったらわたしを追いかける前にちゃんと考えておくべきだったわ。盗聴器を取りつけたり、狂った動物みたいにあとをつけたりする前に」

セリーナが引き金にかけた指に力をこめると、ミラーは息が止まりそうになった。ああ、神よ、どうか彼女に僕を殺させないでくれ。まだセリーナを説得して、マライアを助けるチャンスがあるうちは。

セリーナの顔は怒りで険しくなっていた。「本気でわたしを出し抜けると思っていたの？　家じゅうに盗聴器を取りつけられて、わたしが気づかないとでも思ったの？　この家に取りつけたのだって同じよ」

「マライアはなんの関係もないんだ。彼女に電話してくれ。家を出ろと言ってくれ。セリーナ、彼女はきみの友達だろう」

セリーナの表情が微妙に変わった。「あと四分」彼女はそう告げた。「それに、電話はできないわ。停電で電話も使えなくなってしまったもの」そこでほほ笑む。「さあどうぞ、ジョン。あなたが泣き叫ぶ声を聞かせてちょうだい」

ミラーは首の血管が激しく脈打つのを感じた。奇妙な興奮が、体が浮くような感じや、眠気や、けだるさと争っている。しまった。薬が効いてきたのだ。これでは、いつもの忌まわしい悪夢の繰り返しだ。だが今度助けられないのは、倉庫の中のトニーじゃない。マライアだ。彼女は殺人者が爆弾をしかけたコテージにいる。今度は自分にも彼女が死ぬときの音が聞こえない。そのかわり、彼女を焼きつくす炎を見ることになるのだ。

怒りがミラーに我を忘れさせた。怒りの力で薬の作用にあらがい、手錠を引っぱる。セリーナがもう少し近づいてくれれば……。

変ね。マライアはその箱をこんなところに、つまり現像用の薬品の隣に置いたおぼえはなかった。箱のわきには見慣れた〈B&Wフォトラボ〉のロゴがついている。彼女は箱を棚から取って開けてみた。

ネガだわ。箱には彼女のネガを入れたビニール袋がぎっしりつまっていた。おかしい。本土の写真店に預けておいたのに。どうしてここに戻っているのかしら？　誰がこの箱をこの棚に置いたの？　こんな薄暗いところにあったんじゃ、ちゃんと電気がきて明かりがついても、きっとわからなかったわ。

マライアはろうそくを持ち上げて、下の棚の陰をのぞいてみた。あれは何……？

彼女はじっと目を凝らし、次の瞬間、ぎょっとして飛びのいた。

そこにあるものは、爆弾にそっくりだった。もちろんマライアは爆弾など見たこともない——こんなふうに近くでじっくり見たことは。だがそれは映画に出てきた爆弾にそっくりだった。爆薬の筒のようなものが何本か束ねられていて、そこにつながったアラーム時計が、ちくたくと静かに時を刻んでいる……。

マライアはろうそくをつかんで走り出した。地下室の階段を駆け上がり、リビングを抜けて、降りそそぐ雨の中へ飛び出す。ろうそくは玄関を出たとたんに消え、芝生に投げ捨てた。家のわきに置いた自転車をつかんで飛び乗る。そして狂ったようにペダルをこいで車寄せを走り、左へ折れた。街へ。警察へ。誰でもいいから、なぜうちの地下室に爆弾があるのか教えてくれる人間のところへと。

雨がたちまちマライアの体を濡《ぬ》らし、風は彼女の髪をなぶって服をはためかせた。叩きつける雨の中では、目を細め、ほとんど閉じていなければならなかったが、それでも彼女は全身の力をこめてペダルをこぎつづけた。

誰かがわたしを殺そうとしている。殺そうとしている。

二百メートルも行かないうちに、前方に車のヘッドライトが見えた。こちらへ走ってくるというよりも、むしろ停《と》まっているようで、ライトが道路わきのびっしり茂った灌木《かんぼく》をこうこうと照らし出している。マライアが近づくあいだに、車は道路を横すべりして木々の中に突っこんだ。

ダニエルの車だわ。たいへん。ダニエルが前の席に座ったまま、ハンドルに突っ伏している。

いらだちの言葉をつぶやきながら、マライアはブレーキをかけて止まり、自転車を道路のわきに放《ほう》り出した。濡れた灌木を急いでかき分け、最悪の事態を覚悟しながら、車の運転席側のドアを開けた。

エアバッグはいったんふくらんだものの、ダニエルがもう一度空気を抜いたようだった。しかし彼は傷を負ったのか、ハンドルに頭をつけたまま動かない。それとも酔っているのだろうか。

ラジオがついていた。トークショーかドラマらしい。男と女がしゃべっている。それに、車の床には何本もコーヒー用の大きな魔法びんが転がっており、そばにドーナツショップの空き箱があった。

マライアはダニエルの首の脈を調べた。ひどく遅い。だが出血してる様子もないし、傷もないようだ。頬にさわってみた。

「ダニエル？」

酔っているんだわ。マライアは彼の頬を軽く叩き、それから少し強く叩いた。

「ダニエルったら、目をさまして！」

ダニエルはわずかに意識を取り戻した。「マライア！」彼は叫んだ。「あなたに知らせようとしたんだ……爆弾が！」

マライアはぎくりとして体を引いた。「何を言っているの？」

「ＦＢＩなんだ」ダニエルはろれつのまわらない口で言った。「僕とジョンは……殺人犯を追ってる。マライアが吹っ飛ばされる」

「誰がＦＢＩですって？」マライアは驚いた。「あなたたちがＦＢＩ？　あなたと……」

ジョンが？

「ジョンも助けなきゃ」ダニエルは必死に目をさまそうとしたが、無理なのは明らかだった。

「何があったの？」

マライアはダニエルを揺すぶった。いまの話が信じられず、夢を見ているような気持ちだった。こんなことがあるはずないわ。こんなことが起こるわけがない。

「酔っているの？　何を言おうとしているの？」

「コーヒーに何か入れられた……」ダニエルはつぶやいた。「助けを呼ぶんだ。ジョンを助けなきゃ」

「ジョンはどこ？」マライアはきいた。不意に心の底から恐怖がこみ上げる。

ダニエルは目を閉じ、マライアはまたもや彼を揺すぶった。

「ねえったら、ジョンはどこ？」

だがダニエルは答えなかった。

〝コーヒーに何か入れられた〟

誰かが彼のコーヒーに何かを入れて、わたしの地下室に爆弾をしかけたんだわ。

体じゅうずぶ濡れになり、いらだたしさのあまり泣きそうになりながら、マライアは持てる力を振りしぼってダニエルを助手席に押しやった。運転席に乗りこみ、車をスタートさせようとする。助けを呼ばなきゃ。ダニエルはコーヒーに何か盛られて運転できなくなったのに、助けを呼ぼうとして事故を起こしてしまったんだわ。あるいは、助けを呼ぶためじゃなかったのかもしれない。爆弾のことをわたしに知らせようとしていたのよ。でも、なぜそのことがわかったのかしら?

マライアはイグニションにキーを入れた。エンジンがかかりかけたが、だめだった。もう一度やってみた。今度は少しうなっただけで止まってしまった。

さらにやってみたが、なんの音もしなかった。なんの音もしないが、ラジオのトークショーの出演者はだらだらとおしゃべりを続けていて……。

「あと一分もないわ」女の声が言った。「三十秒で、マライアもあのくだらない写真も、空にただよう煙になって終わりね」

「お前を殺してやる」男の声が言った。その話し方はどこかはっきりせず、のろのろとしていて、怒りでかすかに震えていた。しかし、声は間違えようもなかった。ジョナサンの声だ。「この椅子から抜け出して、お前を殺してやる」

女の声はセリーナだった。

マライアは息がつまりそうになった。

「あと二十秒」セリーナが言った。「一緒にカウントダウンしましょうよ」

「やめろ！」ジョナサンが叫んだ。「やめろ！」

その咆哮は怒りと悲しみに満ち、彼がカウチで眠って悪夢を見たとき、マライアが聞いた叫びとそっくりだった。

「十」セリーナは言った。「九、八、七、六、五、四、三、二、一」

爆発が車を揺るがした。炎を上げる板や木ぎれがまわりに降りそそぐ。しかし、激しい雨のために、火はすぐ消えた。マライアは道路を振り返った。彼女のコテージがあった場所に、火柱が上がっている――そちらの炎はあまりに大きく熱く、雨では消えないのだ。

「ああ、どうしよう」マライアはつぶやいた。

ラジオからジョナサンの声が聞こえた。張り裂けるような悲鳴も同然だった。「やめろ！」彼は何度も何度も繰り返した。「やめてくれ！」

「まあ、いいかげんにして」セリーナはあざ笑った。「モルヒネで涙もろくなってるのはわかるけれど、少しは骨のあるところを見せられないの？　わたしをつかまえに来るのはもっとましな人間だと思っていたのに」

マライアは不安で胸がいっぱいになった。ジョナサンはわたしが死んだと思っているのだ。

「わたしは死んでないわ」大きく声に出してみたが、もちろん、彼に聞こえるはずもなかった。

「マライア……」ジョナサンが小さく声をあげた。「ああ、マライア……」

「あなたがあんなばかでかい、蜷牛みたいな女を気にかけているなんて、わたしが信じるとでも思っているの？」

「なんて女！」マライアは叫んだ。「わたしは蜷牛じゃないわ！」

「芝居はやめなさい」セリーナが続ける。「あなたのたくらみなんてお見通しよ。すっかり体が麻痺して、何もできないと思わせようとしているんでしょ。わたしがそばに寄ったら、飛びかかる気ね。両手を後ろで縛られているのに、どうするつもりなの、ジョン？　脚でわたしの首を絞める？」

「マライア……」ジョナサンがつぶやいた。「やめろ……」

ジョンは手を縛られているんだわ。セリーナは何かの手段で彼に言うことをきかせ、縛り上げたに違いない。それにモルヒネも与えて……彼のしゃべり方がおかしいのはそのせいなんだわ。

「近づくのはあと二、三分待つわ」セリーナは言った。「今日は首を絞められたくないもの」

ジョナサンが大きく、震えながら息を吐き、それから静かな落ち着いた声で言った。「さあやれよ、セリーナ。お前の短剣を出して、それで終わりにしてくれ。もう僕は死んだも同然なんだ。お前がマライアを殺したとき、僕も死んだんだ」

「やめて！」今度はマライアの叫ぶ番だった。「ああ、だめよ！」

何をするにせよ、急がなければ。マライアはもう一度エンジンをかけようとしたが、だめだった。ダニエルを起こそうとしても、彼もエンジンと同じように返事をしない。

ＦＢＩ。ダニエルはそう言ったわ。彼とジョンはＦＢＩだと。

ＦＢＩの捜査官なら、銃を持っているはず……。マライアはダニエルのポケットや服を探った。彼の体を向こう側へまわし、腰のまわりを叩いてみたところで、やっとさがしていたものが見つかった。銃が一丁、腰のくぼみにつけたホルスターのようなものに入っていた。

「悪いけど、これが必要になりそうなの」マライアは意識を失ったダニエルに言い、震える両手で彼のシャツをまくり上げ、銃を抜いた。

そして車のドアを開け、銃をショートパンツの後ろポケットに突っこんで、叩きつける雨の中へ飛び出した。自転車を起こし、元来た道を高台へ引き返す――街や警察とは反対のほうへ。

ゆるい上り坂を走り出すと、全身の筋肉が張りつめた。スピードを上げながら、まだ燃えているコテージの残骸《ざんがい》のわきを通りすぎていく。

マライアはペダルをこいで坂をのぼりつづけた。何が起きているのかは半分もわからなかったが、ただ一つ、はっきりわかっていることがあった。セリーナがジョナサンを殺すはずがない。わたしのことが原因なら。

14

〝おれは逃げなかったぞ〟トニーは厳しい声で言った。〝そりゃあおれはへまをして、自分で自分を袋小路に追いこんじまったさ。だが、ドミノの手下どもがおれを撃ち殺そうと引き金を引いたとき、おれはあいつに唾《つば》を吐きかけてやったんだ〟

ミラーの口はからからに乾き、胃はむかついて、頭は体から三十センチも上に浮いているような気がした。「マライアは死んだ……」彼は言った。「この女が殺したんだ」

「しゃべらないで」セリーナが鋭く命じた。「もうおしゃべりは終わりよ！」

トニーはさらに近づいてきて、声をひそめた。

〝おい、この女はこれから例の儀式めいた食事を始めて、うっとりいい気分にひたりながら、お前を串刺《くしざ》しにしようっていうんだぞ。なのに、そのざまはなんだ。頭をテーブルにのせて、よだれを垂らしてるだけじゃないか〟

「どうでもいいさ」ミラーは答えた。

実際、妙な感じだった。左腕を撃たれたのに、少しも痛くない。何も感じない。みんなどうにでもなれ。僕の知ったことじゃない。

〝信じられんな〟トニーは言った。〝この女がマライアを殺したんだぞ。なのに、おめおめ逃がしちまうのか？　あっさり引きさがるのか？　この二年で何があったか知らんが、お前はおれの知ってたジョン・ミラーじゃないな〟

「彼女を愛してたんだ」ミラーは言った。

〝ああ、そうだろうとも〟トニーは納得しなかった。

「黙りなさいと言ったでしょう！」セリーナが叫んだ。

「愛していた」ミラーは繰り返した。「何よりも愛していたんだ」

〝お前は自分のほうが大事なんだよ〟トニーは言った。〝愛していたなら、引きさがったりするものか。お前は怖いんだ。明日の朝、目をさまして、マライアがいないのに自分は生きていることが耐えられないのさ。この女にシシカバブにしてもらいたいんだよ――マライアが死んだから、彼女を救えなかったから、そのことに耐えられないから、だ〟

「耐えられるはずないだろう！　生きているかぎりそれがずっと続くんだぞ」

セリーナが両手を叩《たた》き、その音はミラーの耳に雷のように響いた。「いいかげんにして！」

ミラーは頭を持ち上げ、必死に目の焦点を合わせようとした。「地獄に落ちろ」彼はうなるように言った。

〝いいぞ〟トニーがつぶやく。〝怒れ。闘うんだ〟

マライアが死んだ。マライアが死んだ。ああ、マライアは死んでしまったんだ。現実という痛みが、薬で生じたけだるさや無気力の壁を突き破りはじめた。やさしく美しいマライアは、もう永遠にいない。ミラーはトニーの言うとおりだと気づいた。引きさがるのはたやすいが、そんなことはできない。頭をテーブルにつけたまま、死んでたまるものか。

セリーナにこの償いをさせるまでは。

ミラーはそのためにいまはテーブルに頭をつけ、セリーナが近づいてくるのを待っていた。

まぶたを開けて目を凝らすと、トニーはもういなかった。ミラーは助けてくれる夢も幻もなく、この場に一人きりだった。彼は作戦を立てようとし、もう一度頭を働かせようとした。

セリーナが近づいてきたら、このゼリーのような筋肉に残った力を振りしぼって、やらなければ……何かを。

銃。

銃があった。僕は……ブーツの中の銃でセリーナを撃つんだ！　そうだ。名案だぞ。

しかし、後ろで両手に手錠をかけられていては、銃をつかめない。

ミラーはマライアの美しい顔や、はなやいだ笑みを思い出して、ひたひたと寄せる無力の波と闘った。そしてマライアの頬に浮かんだえくぼや、目に躍る楽しげな輝きを思い描いた。もう二度とそれを見ることはないのだ。セリーナがマライアを奪ってしまった。セリーナがいとも簡単にマライアの命を断ったとき、ミラーの夢と希望もまた断ち切られたのだ。

ミラーはその苦しみを梃子《てこ》に、すんでのところで自分を取り戻し、彼をのみこもうと襲いかかる霧を払いのけた。

何か手だてを考えなくてはならない。あるだけの力を使って——自分の名前さえ刻一刻と思い出せなくなっているいまは、簡単なことではないが。

脚。

脚は自由だ。縛られていない。

ダイニングテーブルを蹴《け》飛ばしてセリーナにぶつけたらどうだ。彼女を転ばせるんだ。でなければ、セリーナが言ったように、脚で彼女をとらえて、首を折ればいい。

ミラーは必死に目を開けた。セリーナはテーブルの向こう側に座り、豪華なディナーをとっている。いまはメインディッシュを食べているところで、このメインディッシュが終われば、鋭い刃の小さいナイフを取り出すはずだ。

そのときには、セリーナも近くに来るだろう。運がよければ、彼女の首をへし折ってやれる。彼女の息の根を止められる。

それに、本当に運がよければ、セリーナが僕を道連れにしてくれるかもしれない。そうすれば、明日目をさますこともなく、マライアが死んだと思い知ることもないのだ。

家は暗く静まり返っていた。マライアは降りそそぐ雨の中で立ちつくし、何か物音がしないかと耳をすました。

聞こえるのは雨の音ばかりだ。

全速力で自転車をこいで駆けつけたものの、いざ来てみると、どうすればいいのかわからなかった。

音をたてないよう気をつけながら、ドアが開くかどうか試してみた。鍵《かぎ》はかかっていない。ノブをゆっくりまわし、そっとドアを開けた。

家の中も、外と同じように暗かった。マライアは音をたてずに後ろでドアを閉めた。そしてしばらくそこに立ったまま、いまは小さくなった屋根の雨音に耳を慣らそうとした。

それに、この不気味な息苦しい闇《やみ》にも、目が慣れればいいのだが。

そのとき、別の音に気づいた――服からしずくが垂れ、メキシコ製タイルの床に当たっていた。通路に一歩踏み出すと、今度はスニーカーが鳴った。マライアはできるだけ音をたてないようにして、靴を脱いだ。

ようやく暗闇に目が慣れてきた。上の階からかすかな光が見える。マライアはスニーカーを隠そうとあたりを見まわしたが、靴は隠せても、自分の作った水たまりは隠せないと気づいてやめた。スニーカーをドアのそばに置いておき、セリーナが招かざる客に気づく前に、彼女を見つけることができるようにと祈った。

鋭い声が上の部屋から響いた。セリーナだ。何を言っているのかはわからないが、楽しげな口調ではない。

マライアはできるだけ速く、足音を殺して階段を上りながら、後ろのポケットに手を伸ばし、ダニエルの小さい銃を取り出した。

ああ神様。マライアはどうすればいいのかわからなかった。戸口から飛びこんで、ドラマの警官のように銃を両手に構え、セリーナに〝動くな〟と言おうか。

でもそのあとは？　セリーナも銃を持っていたらどうする？　彼女を撃つの？

そんなことはできそうにない。マライアは銃を撃ったこともなかった。ましてや、生きて呼吸している人間に向かっては。

階段の上に近づいていくと、ダイニングルームからろうそくの明かりがもれているのが見えた。

マライアはドアに忍び寄り、注意深く光を避けながら、壁際に身を寄せて銃を持ち上げた。息をつめ、つかのま目を閉じ、膝の震えが止まるのを待つ。

どうかジョンがまだ生きていますように。

今度はこっちが不意打ちを食らわす番だわ。状況はわたし次第だもの。あと二分ここにいよう、そうすれば心の準備が……。

「わたしの銃はジョナサンの頭を狙《ねら》っているわよ」セリーナの声が容赦なくきっぱりと響き、静寂の中にこだました。「そこにいるのはわかっているのよ。両手を高く上げて明るいところまで出てきなさい。でないと、この場でジョナサンを撃つわ」

不意打ちを食らわせたのはマライアではなかった。セリーナは階段を上がってくる音を聞きつけたに違いない。

「早くして！」セリーナが鋭く言った。「さもないと本当に彼を殺すわよ」

マライアは銃を後ろのポケットに突っこみ、両手を頭の上に上げて、明るい場所へ出た。

「あなただったの？」セリーナは笑った。

マライアの思ったとおり、彼女は銃を持ち、ぴたりとジョナサンの頭を狙っていた。

「おやまあ、誰が助けに来たのか見てごらんなさい、ジョン。マライアよ。死人がよみがえったわ」

「逃げろ！」ミラーは叫んだ。「マライア、逃げるんだ！」

マライアは動けなかった。恐ろしい悪夢に足を踏み入れてしまったようで、一歩も動けなかったのだ。

ジョナサンは長いダイニングテーブルの向こう側に座り、両手を後ろにまわしていた。左腕に血がべっとりついている。いっぽうセリーナは、部屋の奥に立っていた。例のごくエレガントな黒い細身のドレスで完璧《かんぺき》に装い、アクセサリーは真珠と銃。

こんなことがあるはずないわ。マライアには何がなんだかわからなかった。いったいどういうこと？　なぜＦＢＩがセリーナを追っていたの？　どうしてセリーナがジョンを殺そうとしたり、ダニエルに薬を盛ったりするの？　なぜわたしの地下室に爆弾をしかけたの？　何もかもわからないことだらけだ。

だがセリーナは冷静に、しっかりと銃を構えている。いかにも慣れた様子で。きっとなんのためらいもなく引き金を引くだろう。今夜すでにジョナサンを撃ったのが彼女なのは確かだ。

セリーナは銃をマライアに向けた。

「やめろ！」ミラーは必死だった。マライアが生きているのを見たショックは、気が遠くなるような喜びから一転して、純粋な恐怖に変わった。マライアは生きていた――しかしここから逃げなければ、それもあとわずかのことかもしれない。

「まあ、たいした違いじゃないわ」セリーナは言った。「あなたもばかね。この男はわたしと結婚したのよ。それなのに助けに来るなんて。しかも丸腰で。彼はわたしに近づくためにあなたを利用しただけよ。彼がジョナサン・ミルズなんて名前じゃないのは知っているの？　マライアったら、彼があなたに話したことは全部嘘《うそ》なのよ」マライアは一歩前へ出て、それからもう一歩もう一歩とミラーのほうへ歩いた。「ジョン、大丈夫？」

マライアは全身ずぶ濡《ぬ》れの姿で、かすかに震えながら彼のそばに膝をつき、血まみれの袖《そで》に触れた。ミラーは彼女の香りに気づき、そのとたん現実はどこかへ消えた。この夢のようなひととき、自分はふたたびマライアのベッドにいて、彼女と愛をかわし……。ミラーは頭を振って、いまの状況に心を集中しようとした。

「ブーツに銃が入ってる」彼はマライアが理解してくれることを祈ってささやいた。反撃しなければならない。それもすばやく。セリーナは自分を撃ち殺すつもりだ。もう一発撃ってマライアを殺すことなどなんとも思わないだろう。

「そして、マライアはマライアのゲームをしていたのよね」セリーナは続けた。「マライア・ロビンソンだって、彼女の本名じゃないわ。教えてちょうだい、ジョン。そのことで彼女があやしいとは思わなかった？」

ミラーはまっすぐマライアの目を見つめた。「銃だ」彼はもう一度ささやいた。

マライアは彼の言葉をさえぎった。「わかってるわ。本当にあなたが好きよ」彼女はそうつけ加え、ミラーの後ろへ手を伸ばして、互いの手を触れ合わせた。待つ間もなく――マライアの指ではないものが彼の手に触れた。何か冷たいものが……。

驚いたことに、マライアはいつのまにか僕も気づかないうちにブーツから銃を抜き出したらしい。セリーナも気づいていない。手はしびれていたが、ミラーは安全装置をはずし、撃つ用意をした。

だが、手を後ろに縛られていては、銃も役に立ちそうになかった。

「きみが持っていろ」彼はマライアに言った。

彼女は首を振った。「できないわ」

セリーナは銃をマライアのほうに向けていたが、そのときになって手を高く上げ、狙いを絞った。「何を話しているの?」セリーナは鋭い声で言い、それからマライアに命令した。「彼から離れなさい」

「持つんだ」ミラーは言った。「早く!」

マライアは銃を持ちたくなかった。セリーナに向かって引き金を引くことなどできない。だがミラーは銃をマライアの手に押しつけると同時に、両脚を使って巨大なテーブルを蹴り倒した。彼がマライアの前に椅子ごと倒れた瞬間、銃声がとどろき、マライアはセリーナが二人を撃ち殺そうとしていることに気づいた。

マライアは銃を構え、目を細めて引き金を引きしぼった。反動で銃が手から飛び出し、彼女は悲鳴をあげた。

ミラーが体でマライアをかばったのと、彼女の撃った弾が飛び出したのが同時だった。

ミラーはつながれていた古い椅子の乾いた木が裂けるのを感じ、椅子から体をもぎ離した。手錠のかかった手をひねって足の下をくぐらせ、体の前へまわしたとき、傷ついた腕には激痛が走ったはずだった。しかし、ミラーはかすかな痛みすら感じなかった。セリーナの打ったモルヒネのおかげだ。何をされようと苦痛はなく、何をしても彼を止めることはできなかった――セリーナの弾丸でさえも。

体でマライアをかばったミラーの脚に衝撃が走った。彼はマライアが撃ったあと落とした銃に手を伸ばした。さらにまた弾が体に食いこむのを感じながら、狙いをさだめた。そしてセリーナの目と目が合った。まさにそのとき、彼女もまた、ミラーを倒すには頭を撃つしかないと悟った。

ミラーの銃が火を噴いた。

セリーナが倒れ、その手から銃が落ちた。

不意にあたりは静まり、ミラーの耳にサイレンの音が聞こえた。

消防車のサイレンだ。マライアのコテージの残骸《ざんがい》の火を消しに行くのだろう。

だがサイレンは通りの先で止まらなかった。この高台を上り、車寄せに入ってくる。ドアが勢いよく開き、どやどやと階段を上ってくる音がした。

ミラーはあおむけになって倒れたテーブルに寄りかかり、そのあいだマライアは彼の出血を止めようとしていた。

応援が来た。ダニエルがなんとか応援を頼み、それが到着したのだろう。

「もう目を開けていられない」ミラーはマライアに言った。

「だめよ」彼女は目に涙をためていた。「お願い、ジョン、わたしを置いていかないで。一緒にいて……」

ミラーは彼女の頬に触れた。涙で濡れている。「泣かないでくれ。きみを泣かせるつもりはなかったんだ。すまない」彼はつぶやいた。「本当にすまなかった……」愛している。そう言いたかったが、唇が動いてくれなかった。

「担架をこっちへ持ってこい！」誰かの叫び声が聞こえ、世界は闇に沈んだ。

15

ミラーがふたたび目を開けたのは、三十六時間十七分九秒後のことだった。マライアにはわかっていた。一秒一秒数えていたのだから。看護師が簡易ベッドを持ってきてくれたが、ろくに眠れなかった。彼が目ざめたら起こすからと言われても、信じられなかったのだ。

だがミラーは目ざめなかった。

点滴が一定のリズムでぽたぽたと落ち、右腕に入っていく。彼の体にはいろいろな機械がつながれ、心拍数や呼吸を監視していた。医者たちは入ってきては出ていって、彼がいっこうに目ざめないのに、状態は好転していると満足げだった。

ダニエルがミラーの眠っているあいだに来て、黙ったまましばらくマライアと並んで座っていた。彼はセリーナのことや、彼女の過去の夫たちのこと、ジョナサンがずっと彼女を追っていたことを話してくれた。マライアがダニエルを車に残していったあと、彼が気力を振りしぼって雨の中へ這《は》い出したときのことも話した。ダニエルは必死に意識を保ち、動きつづけ、ようやく通りかかった車を手を上げて止めたという。その運転手が彼をガーデン島の警察署に連れていってくれて、地元の警察官たちが防弾チョッキを着け、マライアたちを助けに駆けつけたのだった。

もっとも、警察が到着したとき、マライアとミラーは自分たちだけで窮地を脱していたが。

ダニエルは、セリーナは拘置所に入れられたが銃創は回復する見こみだと言った。そしてセリーナの本名はジャニス・リードであること、彼女が形見として集めていた髪を警察が発見したこと、それがこれまでの殺人の証拠になることも教えてくれた。

しかしダニエルは、マライアの質問にはわずかしか答えなかった。ほかのことはミラー本人の口から聞くまで待ったほうがいいと言って。

ミラーが意識を取り戻す前に、ダニエルは病院を離れなければならず、機械を梱包《こんぽう》しにホテルへ戻った。

そして、マライアはいまもミラーのベッドの隣に座っていた。

やがて、ようやく彼がかすかに体を動かし、目を開けた。

彼はただマライアを見つめた。マライアもまた彼を見つめながら、目にあふれる涙を抑えようとした。

「死ななかったんだね」ミラーはやっとそう言った。

マライアは彼の目にも涙が浮かんでいることに気づいた。

「何が夢で、何が本当だったのかわからないんだ。でも、きみが死ななくて、本当によかった」

ミラーは口の中がからからだと言った。マライアは看護師が置いていった水の入ったカップを彼の近くへ持っていった。曲がるストローを差し出すと、彼はストローを口に入れてごくごくと水を飲んだ。

「わたし、本名はマリー・カーヴァーっていうの」マライアはためらわずに言った。「でもニックネームはずっとマライアだったのよ。ガーデン島にいた数カ月間、マライア・ロビンソンと名乗ったのは、休暇を取って自分の名前も忘れることがストレス解消になるって、本に書いてあったからなの」

マライアがカップをベッドわきのテーブルに戻すと、ミラーはかすかにほほ笑んだ。

「頭の固い警官に疑いを抱かせるのにもいい方法だね」

「そんなこと考えもしなかったわ」マライアは言葉を切った。「まさか本気で思ったわけじゃないでしょう。わたしが……殺人犯だなんて」

「僕たちは初めからセリーナが犯人だと確信していたよ」

「連続殺人事件の容疑者と結婚するなんて、信じられないわ！　ＦＢＩの捜査官はそんなことまでしなきゃならないの？」

ミラーは笑ったが、すぐに顔をしかめ、セリーナの弾が砕いた肋骨《ろっこつ》のところを押さえた。

「いや。あれは捜査上必要な線を越えていた」

マライアはしばらく黙りこんだ。尋ねるのはやめようとしたが、やはりきかずにはいられなかった。

「どうして……彼女と寝たりしたの？　これまでの夫がみんな殺されているとわかっていたのに」

ミラーは彼女の手を取り、指をからませた。

「セリーナとは寝ていないよ。彼女とそんなことをする気はなかった。それにきみと約束しただろう。おぼえているかい？　彼女には、僕は不能なんだと言っておいたよ――化学療法の副作用だと」

マライアはじっと彼の目を見つめた。化学療法。癌《がん》。

「あなたは病気でもなかったのね」彼女はやっと気づいて叫んだ。「ふりをしていただけなんだわ」

ミラーはうなずいた。「そのとおりだよ。すまなかった」

「すまない？」

マライアは笑い出し、かがみこんで強く唇を重ねた。

「何を言うの？　すばらしいニュースじゃない！　さんざんな目にあったかいがあったわ。

あなたは死なないのね！」

まったくマライアらしい反応だった。彼女はものごとの悪いところではなく、いいところだけを見る。ミラーは胸の奥で心臓が高鳴るのを感じた。彼女がいとおしくてたまらなかった。

マライアの顎に触れ、彼女の唇を引き寄せてもう一度キスをした。今度のキスはさっきよりも長く、やがてマライアが体を引いたとき、その目はひどく真剣で真面目《まじめ》になっていた。

「わたし、あなたの本名を知らないわ」

「ジョン・ミラーだ」

「あなたのほかのことも何一つ知らないのよね――どんな人で、どこで生まれて――」

「きみは知っているよ」ミラーは言った。「きみは世界じゅうの誰よりも僕をよく知っているさ。僕はダニエルに話したよりも多くのことをきみに話した。トニーでさえ知らなかったことも」

「トニーという人は本当にいたの？」マライアはきいた。

「ああ」

マライアはからみ合ったままの二人の手を見つめた。「セリーナは、あなたが彼女に近づくためにわたしを利用しただけだと言っていたわ」

「そう信じているなら、ここで何をしているんだい。僕のベッドのそばに座って？」

マライアはまた彼に目を戻した。

「わからないわ」そして正直に答えた。「本当になぜかしら。わたしはただ……あなたが無事だって知りたかったの……出ていく前に」

出ていく前に。ああ、彼女を行かせたくない。だがマライアが行くと決めたのなら、真実を話しておきたい。

ミラーは深く息を吸った。「きみと知り合いになったのは、セリーナに近づくためだ」彼は言った。「そう、そのとおりだよ。でも、いつも気がつくときみのことを考えていて……きみから離れられなかった。きみを愛してしまったから」

マライアの目は大きく見開かれた。

「愛しているよ、マライア」ミラーは静かに言った。「初めて会った日からずっと。僕は今回の事件でたくさんの失敗をした――必死できみから離れようとしたのに、できなかった。それにセリーナが島を離れたときは、てっきり彼女が戻ってこないものと思ったんだ。なのに僕たちが愛をかわしたあと、彼女は戻ってきて……」そこで大きく息を吐いた。「僕はやってはならないことをいくつもした。セリーナと結婚すればきみが傷つくとわかっていたのに、彼女を逃がすのがいやで、きみまであぶない目にあわせてしまった」

ミラーは深く息をついた。これから話すことを聞けば、マライアが自分から完全に離れてしまうのではないかと恐ろしかった。

「わかっただろう、僕がどんな人間か。失敗することに耐えられないんだよ。組織の中では最高の逮捕記録を持っていても、まわりからは人間じゃないみたいに思われている。僕にはあだ名があって、ほかの捜査官たちは僕のことを〝ロボット〟と呼んでいるんだ。僕には仕事しかないから。みんな僕には心も魂もないと思っているし、そのとおりなのかもしれない。僕に仕事以外の生活がないのは本当なんだから。家族もいないし、友達も――」

「ダニエルはあなたの友達だわ」

ミラーはうなずいた。「ああ。気がつかなかったけれど、そうだな。彼は僕の友達だ」

「わたしもあなたの友達よ」

ミラーの胸に熱いものがこみ上げた。彼はもう一度深く息を吸ってから口を開いた。

「それだけでじゅうぶんだよ。友達でいてくれるだけで」

マライアは静かに、じっと彼を見つめた。

「ばかみたいな夢を見たんだ」ミラーは言った。「僕たちが愛し合ったあの朝に。考えていたんだよ、こんな生活ができたらって。毎日こんなすばらしい気持ちを感じられるかもしれないってね。この女性なら僕を愛してくれる。そうすれば僕もおだやかな、安らいだ幸せな人間に変われるかもしれないと思った。これまでの自分よりもずっといい人間になれると思った。そうして、僕たちの姿を思い描いたんだ。四十年たっても、愛をかわして、手を握り合って、一緒に笑っているところを。本当にそうなりたかった」

ミラーは目をそらして黙りこんでしまい、マライアは胸がつまりそうになった。見つめていると、ミラーはごくりと唾《つば》をのみ、それから彼女に向き直った。しかし、その目は抑えきれない涙でうるんでいた。

「でも、そんなふうになれるはずがなかったんだ。僕は〝ロボット〟なんだから。きみが僕を愛せなくたって……愛したくなくたって、仕方ない。僕は冷たくて、どこかが狂っているんだよ。それに捜査のためならどんなことだってやる。誰にもふさわしくないんだ——ましてきみには」彼はもう一度大きく息をつき、マライアの手をぎゅっと握って、無理に笑みを浮かべた。「さあ、もう行ってくれ。僕は大丈夫だとわかっただろう。もう行っていいんだ」

マライアは動けなかった。何も言えなかった。

「いいんだよ」ミラーは繰り返した。「僕は大丈夫だ。ただ……きみを愛することができてうれしかったよ。自分にもこんな感情があるとわかって……」

彼の目から涙がこぼれ、頬を伝って、マライアの手の上に落ちた。彼は悪態をつき、顔をそむけてきつく目を閉じた。だがそれも、いっそう涙をあふれさせただけだった。

「ジョン」マライアは静かに言い、そっと彼の顔に触れた。「ロボットは泣いたりしないわ」

　彼女は顔を近づけて彼に唇を重ね、やがて体を起こして言った。

「もし、わたしも失敗をしたって言ったら、ジョナサン・ミルズはどう思うかしら？　わたしが心の底からずっとジョン・ミラーっていう人を愛していたって話したら、彼はなんて言うかしら？」

　ミラーはありとあらゆる感情が自分の顔に浮かぶのを感じた――まさかという気持ち、驚き、とまどい、喜び。マライアは僕を愛している。僕を愛しているんだ！

　彼は笑いにも似た声をあげ、またしてもあふれる涙を抑えようとした。だが、すぐにそうするのはやめた。ああ、マライアといれば、涙を抑えることはないんだ。

　ミラーはマライアへの気持ちを彼女に伝えたかった。見てほしかった。

「ジョナサンはきっと幸運を祈ってくれるよ」彼は答えた。「それに、僕と一緒なら、幸運が必要だって言うだろうな」

　マライアは彼の頬に触れ、涙に触れた。「それじゃ、あなたはどう思う？」

「僕が思っているのは、きみがまだ名前を変えたいなら、ミラーっていうのを考えてみたらどうかなってことさ」

　彼の言葉にマライアはぼうぜんとなった。「プロポーズしているの？」

「そうだよ」ミラーは答えた。「そのとおりさ」

今度流れた涙はマライアのものだった。「ええ」彼女はかすれた声で答えた。「ええ、喜んで名前を変えるわ」

マライアはまた顔を近づけ、彼にキスをした。

ミラーはこんなに甘い口づけがあることを、生まれて初めて知った。

訳者あとがき

あなたがいまの日常にうんざりしていたら？　もし、そのすべてを捨てて、新しい人物に生まれ変わり、本当に好きなことをする生活を始められるとしたら？　誰でも、そんな夢を抱いたことがあるのではないでしょうか。

本書『悲しい罠』のヒロイン、マリーはそんな夢を現実にしてしまった行動力あふれる女性です。彼女は、成功してはいても多忙すぎる社長の生活を捨て、マライアと名前を変えて、とある島へ移住します。そこで自然にかこまれて趣味とボランティアの生活を送っていたところ、重い病気の治療を終えたばかりだという影のある男性、ジョンにめぐりあいました。二人はたちまち恋に落ちますが、実はジョンはＦＢＩ捜査官で、連続殺人事件の犯人と目される女と偽装結婚するために島へ来たのでした。マライアに恋することは許されません。しかし、そんな事情を知らないマライアは、彼のそっけない態度と、それとは裏腹にあふれてしまう愛情にとまどい、傷つくことになるのですが……。

そんな手に汗握るサスペンスと、心乱れる恋の展開を巧みに織りまぜた本書の作者、スーザン・ブロックマンは、デビューからまたたく間に人気を博し、押しも押されもせぬトップクラスの作家になりました。著作は四十を超えていますが、初期のこの作品にも、読者をひきつける魅力がつまっています。本人もかなりユニークな人物のようで、コーラスグループを組んでCDを出したり、本作のヒロインであるマライアのように、困った人々のために家を再建するボランティア組織の基金集めをやったりしていたそうです。そうした経験から生まれる厚みのある人物描写とみごとなストーリーテリングに、彼女のファンになってしまった読者の方も多いことでしょう。

本書では、まず何といっても、ヒロインのマライアがすばらしく魅力的です。身長百八十センチという型破りなプロポーションもさることながら、社長の地位を惜しげもなく捨てたり、ボランティアで大工仕事に精を出したりと、行動力に富み、他人への思いやりにあふれ、しかもユーモアを忘れず、常に前向き。そして彼女に恋をしながらそれを表に出せないジョンの、憂いのある雰囲気と、本当は誠実な心ゆえの葛藤《かっとう》、過去の失敗から立ち直れずにいる苦しみにも胸をつかれます。

脇《わき》を固める人々もユニークです。ジョンの助手で、常に平静な切れ者ながら、どこかユーモアをたたえているダニエル。苦い過去のために殺人者に変貌《へんぼう》した、美しくて、恐ろしいほど頭のよいセリーナ。こうした人物たちがそれぞれに相手の本心を見抜こうとし、あるいは裏をかこうとし、あるいは誰かを思いやり、それが思わぬ悪い結果を生んでしまったりと、二転三転するストーリーも読み始めたらやめられない面白さです。

そして、そんな人物たちの背景となる美しいガーデン島も、架空のものとは思えないほどあざやかに描写され、ここでもブロックマンの筆力には舌を巻かされます。青い空と青い海、太陽、さわやかな潮風、その風にそよぐ木々……。この作品を読みながら、読者の方々もひととき日常の喧騒《けんそう》を離れ、まぶしい太陽のもと、砂浜でマライアたちのロマンスを見守っている気持ちになっていただければと思います。

最後に、スーザン・ブロックマンを熱く支持してくださっている長年のファンの方々、そしていまこの本を手にとってくださった新たなファンのあなたに感謝します。

二〇〇六年七月

葉月悦子

＊本書は、2006年10月にMIRA文庫より刊行された
『悲しい罠』の新装版です。

mira

悲《かな》しい罠《わな》

2022年3月15日発行　第1刷

著　者　スーザン・ブロックマン
訳　者　葉月悦子《はづきえつこ》
発行人　鈴木幸辰
発行所　株式会社ハーパーコリンズ・ジャパン
東京都千代田区大手町1-5-1
03-6269-2883（営業）
0570-008091（読者サービス係）

印刷・製本　中央精版印刷株式会社

ISBN978-4-596-33333-9

mirabooks

10年越しのラブソング
スーザン・ブロックマン
神鳥奈穂子 訳
最近ジムで見かける男性が気になっている弁護士のマギー。ある日高校時代の友人マシューから仕事の依頼を受けるが、再会した彼こそ気になっていたあの男性で…。

淡い夢のほとりで
キャット・マーティン
高科優子 訳
少女が男に連れ去られる夢を繰り返し見ていたオータム。それが6年前の有名実業家ベンの娘の失踪事件だと知った彼女はベンとともに事件を追うが…。

眠らない月
ヘザー・グレアム
風音さやか 訳
歴史ある瀟洒な邸宅の奇妙な噂を調査しにやってきたダーシー。依頼者のマットとともに真相を追うが、ある晩見た夢をきっかけに何者かに狙われはじめ…。

霧のぬくもり
ヘザー・グレアム
風音さやか 訳
祖父が遺した家に移り住んだクリスティナの前に、連続殺人の罪を着せられ死んだ男の幽霊が現れた。元刑事で初恋の相手ジェドとともに事件の真相を追うことに。

カムフラージュ
リンダ・ハワード
中原聡美 訳
FBIの依頼で病院に向かったジェイを待っていたのは、全身を包帯で覆われた瀕死の男。元夫なのか確信を持てないまま、本人確認に応じてしまうが…。

誘惑の湖
リンダ・ハワード
新井ひろみ 訳
大企業に君臨するロバートは、傘下企業の国家機密プログラムを流出させた容疑者の女に近づく。美しい彼女を前に、ある計画を思いつき——不朽の名作!

mirabooks

明けない夜を逃れて
シャロン・サラ
岡本　香 訳

余命宣告から生きのびた美女と、過去に囚われた私立探偵。喪失を抱えたふたりが出会ったとき、運命は大きく動き始め…。叙情派ロマンティック・サスペンス！

翼をなくした日から
シャロン・サラ
岡本　香 訳

元陸軍の私立探偵とともに、さまざまな事件を解決してきたジェイド。カルト組織に囚われた少女を追うなかで、自らの過去の傷と向き合うことになり…。

すべて風に消えても
シャロン・サラ
岡本　香 訳

最高のパートナーとして事件を解決してきた私立探偵チャーリーと助手のジェイド。最大の危機と悲しい別れが、二人にこれまで守ってきた一線をこえさせ…。

さよならのその後に
シャロン・サラ
兒嶋みなこ 訳

息子を白血病で亡くし、悲しみのあまり離婚の道を選んだヘイリー。3年後、命の危機に陥った瞬間に思い出したのは、いまも変わらず愛している元夫で…。

いつも同じ空の下で
シャロン・サラ
兒嶋みなこ 訳

シェリーの夫はＦＢＩの潜入捜査官。はなればなれの日々のなか、夫が凶弾に倒れたという知らせが入る。涙にくれるシェリーを、次なる試練が襲い…。

サイレント・キス
シャロン・サラ
新井ひろみ 訳

作家ケイトリンは半年前から脅迫状に悩まされていたが、ある日何者かに交差点で突き飛ばされ重傷を負う。護衛役を買って出たのは知人で元警官のマックで…。

mirabooks

囚われのイヴ
アイリス・ジョハンセン
矢沢聖子 訳

死者の骨から生前の姿を蘇らせる復顔彫刻家イヴ・ダンカン。ある青年の死に秘められた真実が、新たな事件を呼びよせ…。著者の代表的シリーズ、新章開幕！

慟哭のイヴ
アイリス・ジョハンセン
矢沢聖子 訳

殺人鬼だった息子の顔を取り戻そうとする男に追われ、極寒の冬山に逃げ込んだ復顔彫刻家イヴ。満身創痍の彼女に手を差し伸べたのは、思いもよらぬ人物で…。

弔いのイヴ
アイリス・ジョハンセン
矢沢聖子 訳

殺人鬼だった息子の顔を取り戻すためイヴを拉致した男は、ついに最後の計画を開始した。決死の覚悟で挑む闘いの行方は…？　イヴ・ダンカン三部作、完結篇！

野生に生まれた天使
アイリス・ジョハンセン
矢沢聖子 訳

動物の声を聞ける力を持ったがため、数々の試練にさらされてきたマーガレット。平穏な日々も束の間、謎の男によって過去の傷に向き合うことになり…。

永き夜の終わりに
アイリス・ジョハンセン 他
矢沢聖子 訳

10年前、盲目のケンドラに視力を与えた奇跡のプロジェクト。突然失踪した恩人の医師をアダムと追ううち、その裏側にうごめく闇があらわになっていく。

月光のレクイエム
アイリス・ジョハンセン 他
瀬野莉子 訳

20年の盲目状態から、驚異の五感を獲得したケンドラ。その手で処刑場へと送り込んだ殺人鬼が地獄から舞い戻り、歪んだ愛でケンドラを追い詰める…。